AF285311

Barbara Schwartz wurde 1949 in Hannover im Leineschloss, dem heutigen Sitz des niedersächsischen Landesparlamentes, geboren. Nach dem Schulbesuch folgte ein Lehramtsstudium und 1984 die Ausbildung zur analytischen Kinder- und Jugendlichenpsychotherapeutin. Sie war bis 2011 in beiden Berufen tätig, seitdem arbeitet sie ausschließlich als Psychotherapeutin für Jugendliche in eigener Praxis.

Barbara Schwartz war schon immer kreativ tätig. Sie stand mit dem Kabarett „Kaktusblüte" auf niedersächsischen Kleinkunstbühnen, töpferte, schrieb Bücher, spielte Theater, wurde Clownin. Ihre „Galerie im Treppenhaus" ist mittlerweile ein beliebter Treffpunkt für kreative Menschen in der Südstadt Hannovers.

Barbara Schwartz ist in zweiter Ehe verheiratet und lebt mit ihrem Ehemann und zwei Katzen in Hannover. Sie hat eine Tochter und einen Enkelsohn.

Bisher erschienen:

- ✓ 120 Jahrgänge, Erinnerungen einer hannoverschen Weinhändlerin
- ✓ Velasquez, Held von Negenborn,.eine Katzengeschichte
- ✓ Single Swing und Cha-cha-cha
- ✓ ...Ihre Klara PS: ... Glossen aus 10 Jahren

Barbara Schwartz

Von Ritzengrün und Feminismustourette

... Ihre Klara

PS: ...

Neue Glossen

Bibliografische Information der
Deutschen Nationalbibliothek:
Die Deutsche Nationalbibliothek verzeichnet
diese Publikation in der Deutschen Nationalbib-
liografie; detaillierte bibliografische Daten sind
im Internet über http://dnb.dnb.de abrufbar.

© 2020 Barbara Schwartz
Lektorat: Ulrich Dröge
Korrektorat: Ulrich Dröge

Herstellung und Verlag: BoD – Books on De-
mand, Norderstedt
ISBN: 9783751932585

Inhalt

Der Juchtenkäfer und das Reptil des Jahres 2011

HausbesetzerInnen waren in den siebziger und achtziger Jahren äußerst aktiv und deshalb in aller Munde. Sie verhinderten, dass Häuser aus Spekulationsgründen leer standen oder gar abgerissen wurden. Berühmt für die Hausbesetzer*innen - Szene war vor allem Hamburg. Häufig klagten damals die HausbesitzerInnen gegen die Hausbesetzer*innen wegen Hausfriedensbruch und die Häuser wurden dann zwangsgeräumt. Die Menschen in der Hafenstraße allerdings wehrten sich erfolgreich und waren lange Jahre sogar Anziehungspunkt für Tourist*innen aus Ländern rund um den Globus. Dann wurde es ruhiger um die Hausbesetzer*innenszene und die junge Generation erinnert sich vielleicht gar nicht mehr daran.

Nun aber gibt es eine neue Hausbesetzer*innenszene in Hannover. Im Berggarten, in Hannover - Herrenhausen, sollten die alten, morschen Linden gefällt werden. Die maroden Bäume jedoch holten schnell Hilfe, riefen die Juchtenkäfer und diese siedeln nun in den 300 Jahre alten Linden nach oben beschriebener Hausbesetzer-manier. Juchtenkäfer nämlich sind schützenswert, und ein Baum, der diese kleinen Tiere beherbergt, fällt unter das Sägeverbot. Wegen Hausfriedensbruchs können die Käfer jedoch nicht belangt werden, weshalb eine Zwangsräumung ebenfalls entfällt. Da aber nicht nur die Juchtenkäfer, sondern auch die Menschen schützens-wert sind, gibt es jetzt einen Zaun um die Linden herum, damit keinem unserer lieben Mitbürgerinnen und Mitbür-ger ein morscher Ast auf den Kopf fällt.

Man könnte dem Juchtenkäfer natürlich Alternativbäume in der Nachbarschaft anbieten. Das könnte allerdings bedeuten, dass die Hälfte der Population umsiedelt und die andere Hälfte weiterhin die Linden besetzt hält. Damit wäre also nichts gewonnen, es würde nur der Bestand der Bäume vergrößert, für die ein Sägeverbot besteht. Und irgendwann wäre der Berggarten nur noch von morschen Bäumen samt Juchtenkäfern besiedelt.

Die CDU Ratsfraktion stellte kürzlich den Antrag, Besichtigungen der morschen Linden samt Hausbesetzer-*innen anzubieten, um dem Juchtenkäfer und somit auch Hannover zu einer Bedeutung zu verhelfen, die über die Landesgrenzen hinausgeht. Da haben sich die Ratsmitglieder offensichtlich an die Hafenstraße erinnert und hoffen nun auf eine neue Einnahmequelle durch Tourist*innen aus der ganzen Welt. Wir stellen uns vor, was das für die Hauptstadt bedeutet: Ausgebuchte Hotels, steigende Restaurantpreise, Japaner*innen zu Hauf in der Innenstadt, Zustände also, wie sonst nur zu Messezeiten. Hannover als Hauptstadt des Juchtenkäfers. Es wird auch schon darüber nachgedacht, T-Shirts mit dem Konterfei des Käfers zu fertigen, ebenso Anstecknadeln, Teebecher, Fingerhüte, Mützen, Schals, Eierbecher, und was man sich sonst so als Souvenirs vorstellen kann.

Auch Oberlehrerlerntafeln sollen aufgestellt werden, damit der Biologieunterricht an den Schulen einmal wieder einen praxisnahen Bezug hat. Da stehen dann staunende Grundschüler*innen am Zaun zu der Lindenallee und versuchen mit den Ferngläsern ihrer Eltern den Juchtenkäfer zu entdecken. Der allerdings lässt sich nur selten sehen, bleibt vornehmlich in seiner Baumhöhle und wird deshalb auch Eremit genannt.

Nun hat Hannover ja mit Umsiedlungen Erfahrung. Erst wurde das „Ritzengrün" (s. meine Glosse „Ritzengrün und Feminismustourette") umgesiedelt, jetzt denkt man über eine Umsiedlung der Linden samt Juchtenkäfer in den Tiergarten nach. Damit wären die Linden gerettet, die Hausbesetzerkäfer hätten ihren Zweck erfüllt und die Hannoveranerinnen und Hannoveraner hätten den Berggarten wieder für sich.

Bedauerlicherweise gibt es allerdings ein neues Problem. Im Berggarten wurde an unterschiedlichen Stellen eine Mauereidechse, das Reptil des Jahres 2011, gesichtet. Diese Mauereidechse ist ebenso schützenswert wie der Juchtenkäfer. Da kommt dann wieder der Gedanke an eine Umsiedlung auf. Nach Ritzengrün und Linden samt Juchtenkäfer, dürfte es eigentlich ein Leichtes sein, der Mauereidechse eine neue Behausung zu bieten. Diese wohnt ja vorzugsweise in Mauerritzen, ernährt sich vielleicht auch vom Ritzengrün, sonnt sich gerne auf flachem Gebiet, und das alles gibt es ja in Hannover massenhaft. So könnte die Umsiedlung ebenso ruckzuck vonstattengehen wie die des Juchtenkäfers samt dem besetzten Lindenhaus oder auch dem Ritzengrün. Umsiedlungen als sogenannte Rettungsmaßnahmen des Naturschutzes sind in diesem Falle jedoch nicht vertretbar, weil sich in dem neuen Gebiet der Mauereidechse die Konkurrenzsituation hinsichtlich Nahrung und Ruhehabitat für andere schützenswerte Reptilienarten, z. B. die Blindschleiche, verschärfen würde. Und dann wären diese Tiere wieder gefährdet, müssten umgesiedelt werden, und, und, und … Folgerichtig darf die Mauereidechse im Berggarten verbleiben und dieser muss nun in seiner Gesamtheit eingezäunt werden, damit niemand versehentlich eine der Mauereidechsen tot tritt. Geplant ist deshalb ein Weg in Form einer Hochstraße über die Pflanzen, Mauern und eben auch die Mauereidechse hinweg, so dass die Hannoveranerinnen und Hannoveraner ihren Berggarten wenigstens noch von oben bewundern können.

Ihre Klara

PS: Mauereidechsen kommen in ganz Europa vor. Sollte sich herausstellen, dass die Mauereidechse im Berggarten nicht deutscher Abstammung ist, sondern einen Migrationshintergrund hat, so wäre sie allerdings nicht mehr schützenswert. Das soll nun mithilfe eines Gentests geprüft werden.

Empörung

Ich empöre mich gerne. Wann immer ich ein Unrecht wittere, empöre ich mich. Vehement und lautstark. Mit Beschwerden an den entsprechenden Stellen oder auch bei Vorgesetzten. „Ist doch nicht so schlimm", sagt der beste Ehemann von allen und versucht mich damit runter zu takten. Ein vergeblicher Versuch von ihm. Das finde ich nämlich doch, dass es schlimm ist, empöre ich mich dann und er lässt meinen Empörungssturm geduldig über sich herabprasseln. Er sagt nichts dazu, gibt mir weder Recht, noch Unrecht, tröstet mich, wenn ich zu sehr empört bin und versucht mich zu beruhigen.

Das allerdings klappt nur ganz selten. Es gibt nämlich vieles, worüber ich mich empören kann: Der Patient, dem Unrecht getan wird, die Polizei, die den ruhestörenden Lärm der gegenüberliegenden Baustelle nicht so ernst nimmt, den Spießbürger, der eine süffisante Bemerkung macht, weil ich auf der falschen Straßenseite Fahrrad fahre, den Arzt, der mich nicht genügend aufklärt, die Mieterin, die sich grundlos beklagt. Die Liste kann ich endlos erweitern. Und dann können sich die entsprechenden Stellen, oder auch Vorgesetzten warm anziehen. Da empöre ich mich ausreichend, immer in wohlgesetzten, höflichen Worten. Denn ich kann mich sehr wohl disziplinieren, was meine Wortwahl betrifft, nur das Empören kann ich nicht abstellen.

Ob ich das vielleicht von meiner Mutter habe? Die wird die „eiserne Lady" (wie einst Margret Thatcher, Chefin in Groß Britannien) genannt. Sie musste sich nämlich als Frau in einem von Männern dominierten Geschäftsleben übelst durchsetzen. Und sich auch gelegentlich immer mal wieder empören, um überleben zu können. Das habe ich also von ihr gelernt – meine ich. Und wohin kämen wir denn, wenn sich niemand mehr empört? Schneewittchen zu sein und auf die Erlösung durch den Prinzen zu warten liegt mir immer noch nicht.

Nun aber habe ich hohen Blutdruck und meine Heilpraktikerin meint, das kommt von der Schilddrüse. Deshalb, und nur deshalb empöre ich mich auch so schnell und so heftig, meint sie. Und deshalb auch der hohe Blutdruck. Schnell reizbar nennt sie das. Überfunktion der Schilddrüse ist das Zauberwort.

Hm, ich habe immer geglaubt, ich könne mich deshalb so empören, weil ich in der Lehranalyse, begleitend zu meiner Ausbildung als Analytikerin, gelernt habe, meiner

Empörung freien Lauf zu lassen. Wie oben beschrieben sprachlich immer kontrolliert, aber eben empört. Und ich genieße es, mich ungehemmt empören zu können. Alles nur Einfluss der Hormone? Eine überbordende Schilddrüse? Schnickschnack!

Ich frage meine Mutter. Die kennt mich schließlich am besten. Empöre ich mich unangemessen? Ist das in letzter Zeit schlimmer geworden oder war das schon immer so?

„Nun ja", meint sie, der Frage etwas ausweichend, „ich dachte, das sei eine Berufskrankheit. Schließlich warst du mal Lehrerin." Stimmt, da habe ich mich über renitente Schüler*innen, ignorante Eltern, die Behörde so empört, dass ich froh war, in Pension gehen zu können. Aber Schuld ist die überfunktionierende Schilddrüse und nicht ich?

Ich frage meine Cousine. Die kennt mich schließlich seit meiner Geburt. „Na ja", meint sie, „das ist eine Familienkrankheit. Ich war auch oft sehr empört. Seit meine Schilddrüse raus ist, empöre ich mich nicht mehr so. Und mein Blutdruck ist auch runter gegangen, das Herzklabastern hat nachgelassen. Lass dir doch einfach die Schilddrüse rausoperieren", rät sie mir schlussendlich.

Das geht nun gar nicht, empöre ich mich. Gefühle einfach wegoperieren. Wohin kämen wir denn da? Dann wird mir auch irgendwann die Sexualität wegoperiert, weil das in meinem Alter nicht mehr angemessen ist, oder meine Agressionsaffinität als Alt-68erin, ebenso meine Empörung über die nach wie vor fehlende Gleichstellung der Frauen, die sprachliche Ungleichbehandlung, die Ignoranz der Politikerinnen und Politiker. Nein, diese Empörung möchte ich mir nicht nehmen lassen. Wenn ich in Zukunft also unangemessen empört reagiere, so habe ich jetzt eine Entschuldigung: Das bin nicht wirklich ich, es ist die Schilddrüse. Die überfunktioniert nämlich und macht das alles.

Ihre Klara

PS: Vielleicht sollte ich wenigstens einmal über eine Medikation nachdenken. Es ist nämlich anstrengend, sich ständig zu empören und der Lebensqualität nicht unbedingt zuträglich. Aber dann gibt es wahrscheinlich auch keine Glossen mehr, und das wäre ja schade, findet zumindest der beste Ehemann von allen.

Inkompatibel

„Sie haben eine Überfunktion der Schilddrüse"", sagte meine Heilpraktikerin mit bedeutungsvollem Gesichtsausdruck und schob mir eine lange Liste über den Tisch. „Sie dürfen nur noch jod-freie Nahrung zu sich nehmen." Erschrocken sah ich erst sie und dann die Liste an. Dort war alles verzeichnet, was von nun an für mich ‚no go' ist. Nach dem sorgfältigen Studium dieser Liste wusste ich, was ich zukünftig alles nicht mehr essen darf. Kein Jodsalz und kein Meersalz, doch das hätte ich auch noch selber gewusst. Kein Fisch und anderes Meeresgetier. Hmm, schade, auf den wöchentlichen frischen Fisch vom Markt verzichte ich ungern. Aber der Schilddrüse zuliebe bringe ich dieses Opfer gerne. Aber auch keine Milchprodukte? Das verstand ich nun gar nicht und bemühte das Internet als umfassende Informationsquelle. Und jetzt bin ich schlauer. Da dem Tierfutter in

Deutschland Jod beigemischt wird, sind Fleisch, Käse, Sahne, Joghurt, Eier für mich auch tabu. Also würde ich mich wohl vegan ernähren müssen: Obst, Nüsse, Gemüse und Brot, Nudeln und Reis.

Ich stürmte hoffnungsfroh den nächsten Bioladen, um veganen Brotaufstrich und Roggenbrot zu kaufen. Diese Produkte jedoch werden, wegen der Gesundheit, mit Meersalz gewürzt, sind also auch verboten, zumindest für mich. Ich sah mich schon nur noch Obst und Gemüse essen und Nüsse knabbern, als ich im Internet doch noch auf weitere wertvolle Informationen stieß. Italien, Polen, Frankreich, Irland, all diese netten Länder setzen dem Tierfutter kein Jod zu. Das Nahrungsangebot wurde wieder reicher: Käse aus Frankreich, polnische Gans, Rindfleisch aus Argentinien, sogar Wild aus Deutschland, irische Butter und selbstgebackenes Brot, alles mit Haushaltssalz gewürzt. Diese neuen Essensvorschriften teilte ich dem besten Ehemann von allen für unsere gemeinsamen Mahlzeiten mit.

Er ist ein begnadeter Koch, sein Essen schmeckt immer hervorragend und auch mit den Einschränkungen, die ich jetzt hatte, würde sich wohl gesamtgeschmacklich nichts ändern. Nun kümmert sich der beste Ehemann von allen jedoch seit Kurzem um sein Gewicht. Er möchte es reduzieren. Dafür hat er sich die Orang-Utan-Diät, so nenne ich sie, ausgeguckt. Er darf alles essen, was die Steinzeitmenschen aßen, alles andere nicht. So hat er schon 5 Kilo abgenommen, weitere 5 stehen noch aus. Außerdem hat er eine Schilddrüsenunterfunktion und muss viel Jod zu sich nehmen.

Das gemeinsame Kochen wird damit allerdings zum Problem. Er darf jedes Fleisch essen, ich nur Fleisch aus Polen, und das wiederum gibt es nur in der Innenstadt im türkischen Lebensmittelladen. Ich darf Brot, Nudeln und Reis essen, er aber gar keine Getreideprodukte. Ich kann in Käse aus Frankreich und Butter aus Irland schwelgen, für ihn hingegen sind Käse und Butter tabu. Dafür darf er Fisch und Muscheln genießen, ich nicht. Und gewürzt werden muss für ihn mit Jodsalz, für mich dagegen mit Haushaltssalz. Der größte gemeinsame Nenner für eine Mahlzeit zu zweit ist also jetzt Obst und Gemüse mit Nüssen, sowie Fleisch aus Polen.

Esseneinladungen bei Freunden werden jetzt ebenfalls ein Problem und ich schicke vorher immer ein Merkblatt mit einem Menüvorschlag:

Als Vorspeise Saltimbocca oder Lachs für meinen Mann ohne Baguette, für mich bitte eine Käseplatte aus Frankreich mit selbstgebackenem Brot ohne Meersalz.

Als Hauptgericht dann einen Salat, mit Öl, Essig und Käse aus Frankreich für mich, mit Haushaltssalz gewürzt. Für meinen Mann den Salat bitte ohne Öl, dafür mit Meersalz gewürzt und mit Thunfisch. Für beide gehackte Nüsse drüber streuen. Dazu kann dann Fleisch aus Polen gereicht werden.

Zum Nachtisch bitte Obstsalat. Für meinen Mann eigentlich mit einer Kiwi, weil die Jod hat, aber dann doch nicht, weil die Steinzeitmenschen keine Kiwis kannten.

Wenn Sie zukünftig ein Paar in einem Restaurant sehen, das Spaghetti auf dem Tisch stehen hat mit einer separat gereichten Bolognese Soße sowie zwei verschiedenen Salzstreuern, so sind wir das. Gemeinsam teilen wir uns den Beilagen Salat ohne Joghurtdressing, ich esse danach die Spaghetti und der beste Ehemann von allen die Soße.

Ihre Klara

PS: Eine Schilddrüsenüberfunktion macht reizbar und schlank, eine Unterfunktion eher gemütlich und pummelig. Vielleicht führen wir deshalb immer noch eine glückliche Ehe: Wegen der vielen Inkompatibilitäten wird uns nie langweilig.

Neue Knie

Ich werde immer für sehr schlank gehalten. Das liegt an meinen „Streichholzbeinen und –armen", die wirklich extrem dünn, fast schon knochig sind. Darüber hinaus kleide ich mich seit den 68ern und der Emanzipationsbewegung nicht mehr körperbetont sondern in weiten Kleidern. So vermeide ich, mich als Sexobjekt darzustellen und verstecke gleichzeitig meine eher dicke Taille. Und deshalb vermuten alle, dass ich schlank bin.

Desgleichen werde ich für sportlich gehalten. Das liegt ebenfalls an den Beinen, des vermuteten schlanken Körpers und an meinem schnellen, ausgreifenden Schritt. Sport habe ich jedoch immer gehasst und auch nie betrieben. Trotzdem glauben alle, aus besagten Gründen, ich sei sportlich, was ich definitiv nicht bin.

Nun aber habe ich hohen Blutdruck und ‚muss etwas tun'. Also walke ich um den Maschsee und fahre so oft als möglich Fahrrad. Und wenn der beste Ehemann von allen und ich gemeinsam irgendwo hin wollen, fahren wir ebenfalls Rad. Nicht dass mein Mann das freiwillig tun würde, aber mir zuliebe und um meiner Gesundheit willen radelt er mit.

So waren wir im hannoverschen Stadtteil Döhren zum Kulturpicknick nicht wie sonst mit dem Auto sondern mit dem Fahrrad unterwegs. Der beste Ehemann von allen trinkt nie wenn wir mit dem Auto unterwegs sind. Er fährt mich dann nämlich immer nach Hause. Nun aber galt das Alkoholverbot wegen des Fahrrades nicht und er trank die mitgebrachte Flasche Prosecco alleine aus. Dies zum Trost, weil ich noch eine halbe Stunde walken war und ihn alleine gelassen hatte. Walken wollte er nämlich nicht, Prosecco trinken schon. Die zweite Flasche Prosecco teilte er sich mit mir. Die zwei Gläser Weißwein, die er auch noch getrunken hatte, verschwieg er. Danach wagte er eine Solotanzeinlage zur Livemusik ganz alleine auf der Tanzfläche und danach radelten wir gut gelaunt gemeinsam nach Hause.

Nun bin ich beim Radfahren immer schneller als er. Nach gut 500 Metern hielt ich an, hielt nach ihm Ausschau, sah ihn aber nicht. Besorgt fuhr ich zurück, Böses ahnend, aber er kam mir lachend radelnd entgegen. „Ich bin hingefallen" rief er und knickerte ganz fröhlich. So ein Sturz kann in unserem Alter jedoch schnell zu einem Oberschenkelhalsbruch und dann zum Aus im Krankenhaus führen. Darüber hinaus ist zu berichten, dass der beste Ehemann von allen zwei neue Knie hat und gar nicht, aber auch gar nicht, fallen darf. Ich war dementsprechend besorgt. „Was ist mit deinen Knien", rief ich, „und dem Oberschenkelhals?"

„Alles gut, aber anhalten will ich nicht" rief er zurück und radelte weiter. Ich war misstrauisch, trat aber im gewohnten Tempo in die Pedalen, überholte ihn und schaute mich dann immer besorgt um. Er hielt sich wacker. An der nächsten roten Ampel verfehlte er jedoch beim Start die Pedale und – plumps – lag er auf dem Rücken. Alarmiert wollte ich ihm aufhelfen und fragte wiederum nach seinen Knien und dem Oberschenkelhals. In meiner Fantasie sah ich ihn schon mit gebrochenen Knochen (Knie und Oberschenkelhals) sterbend im Krankenhaus liegen. „Alles gut" lachte er und aufhelfen durfte ich ihm schon gar nicht. Wortreich und fröhlich kichernd erklärte er mir, dass er, dank der neuen Knie, im Gegensatz zu früher alleine aufstehen könne. Er demonstrierte es etwas mühsam, stieg sogleich aufs Rad und fuhr fröhlich pfeifend weiter.

Kurz vor unserem Haus an der nächsten roten Ampel jedoch passierte es wieder. Der beste Ehemann von allen verfehlte beim Anfahren die Pedale, fiel und lag wie ein Maikäfer auf dem Rücken. Nun kam er nicht mehr alleine hoch. Ich verkniff mir die Frage nach den gebrochenen Knochen, weil er immer noch fröhlich lachte. Zwei junge Leute, die gerade vorbei gingen halfen ihm auf die Beine. Sie fragten besorgt, ob sie einen Krankenwagen rufen sollten. Ich beeilte mich zu erklären, dass mein Mann, der eigentlich normalerweise der beste Ehemann von allen ist, ein Glas Wein zu viel getrunken habe und ich ihn nach Hause begleiten würde. Ganz unüblich stieg mir dabei die Schamröte ins Gesicht.

Nun befahl ich ganz autoritär – ist sonst nicht meine Art, na ja, jedenfalls nicht so oft – das Rad nach Hause zu schieben. Beim Versuch, wieder aufzusteigen, verfehlte mein Mann erneut die Pedale und sah ein, dass ich, wie

immer, Recht hatte! Ich schob mein Rad auf dem Fuß-
weg, er schob seines auf der Straße in leichten Schlan-
genlinien ungeachtet des Gegenverkehrs. Sogleich kam
eine besorgte Frau und fragte, ob ich dazu gehöre, oder
ob sie einen Krankenwagen bestellen solle. Wiederum
fremd-schamrot beeilte ich mich ihr zu versichern, dass
ich schon auf ihn aufpassen und ihn sicher nach Hause
geleiten würde.

Ich nahm den Weg durch die Parkanlage um Gegenver-
kehr zu vermeiden. Der meistens beste Ehemann von
allen wankte, sein Rad schiebend, hinter mir her, juchzte
immer wieder, und rief: „Nun weiß ich, dass ich mit den
künstlichen Knien auch fallen kann." Zu Hause erklärte
er, ein dezidierter Tatortfan, dass der neue Tatort langweilig sei und er lieber ins Bett gehe. Und dann bemerkte er noch, ehe er ins Bett fiel, dass er nun wisse,
dass er auch beim Radfahren keinen Alkohol trinken
dürfe. Was für eine Erkenntnis!

Ihre Klara

PS: Zur Erklärung und Entschuldigung sei gesagt, dass
der beste Ehemann von allen heimlich still und leise in
Döhren beim Kulturpicknick mit Prosecco und Weißwein
die Tatsache gefeiert hatte, dass er nun ohne Schmerzen mit den neuen Knien wieder Rad fahren kann. Hoffentlich bleibt das so! Das mit den neuen Knien.

Ritzengrün und Feminismustourette

In letzter Zeit stoße ich immer wieder auf Wörter, die ich
nicht kenne und über die ich mich zugegebenermaßen
wundere. Vielleicht wundern Sie sich ja mit mir.

Da ist zuerst das Wort „Ritzengrün". Nie gehört, Sie etwa? Der lateinische Name ist Sedum sexangulare. Wegen der Silbe ‚Sex' fallen mir als erstes die Naturschwammtampons aus den Achtzigern ein. Ob es die noch gibt? Und ob sich darauf Ritzengrün bei längerer Benutzung und unzureichender Hygiene breit macht? Das müsste ich mal in der jüngeren Frauengeneration recherchieren.

Ebenfalls aus den Achtzigern fällt mir mein WG Mitbewohner ein. Der hatte eines Tages Filzläuse in den Schamhaaren. Ob die sich vielleicht von Ritzengrün ernährt haben? Wikipedia gibt da keine Auskunft und scheint das Wort gar nicht zu kennen. Aber die Hannoveranerinnen und Hannoveraner kennen es, vor allem die Grünen. Die haben nämlich das Ritzengrün gerettet. Das wächst in Hannover auf dem Klagesmarkt, wie der Name schon sagt, in Ritzen, und ehe der Platz zugebaut werden soll, haben sie vorsichtshalber das Ritzengrün umgesiedelt.

Im kommenden Frühjahr steht dann wahrscheinlich die Rettung des gemeinen Fußpilzes aus den öffentlichen Badeanstalten an. Der Fußpilz könnte an die Kiesteiche umgesiedelt werden und sich dann mit dem Ritzengrün anfreunden.

Ein weiteres mir bislang unbekanntes Wort ist das „social freezing". Da stelle ich mir als erstes vor, dass ich gemeinsam mit den Freundinnen Eva und Audry, die beide, so wie ich auch, eher die Wärme lieben, im Winter zitternd und kläglich frierend auf dem Klagesmarkt in Hannover stehe, um vielleicht das letzte noch verbliebene Ritzengrün vor dem Erfrieren zu schützen. Diese

Erklärung aber ist knapp daneben. Es geht beim „social freezing" um Eier. Genauer gesagt um Eizellen. Diese kann jede Frau sich entnehmen und dann schockgefrieren lassen. Das tut sie, um ungestört und ohne die biologische Uhr ticken zu hören, ihre Karriere zu verfolgen. Einige Chefs bezahlen sogar die Einfrierprozedur und die jährliche Gebühr für die sachgerechte Lagerung. Und die Frauen, die nun ein social frozen egg haben, können sich dieses dann, unabhängig vom Alter, befruchtet und gefahrlos einsetzen lassen.

Der beste Ehemann von allen hat Einwände. Er führt die Risikoschwangerschaft ab 35 ins Feld und somit die Gefahr von Missbildungen des Embryos, und ab 50 könne man doch bereits Großmutter werden. Das erste Argument kann ich entkräften. Für Risikoschwangerschaften ist nicht das Alter der Frau sondern das Alter der Eizelle ausschlaggebend. Und die Eier können Frauen sich ja bereits mit 25 entnehmen und einfrieren lassen. Wann diese wieder aufgetaut werden, ist dann für mögliche Missbildungen irrelevant. Das Argument mit den Großmüttern ist schon bedenkenswerter. Allerdings hat der beste Ehemann von allen noch nie ein Wort darüber verloren, was ihn bewegt, wenn alternde Männer noch Väter werden. Charly Chaplin zeugte immerhin noch mit 73 Jahren ein Kind und wurde Vater. Weshalb sollten also Frauen nicht auch noch mit 60 oder 65 Mutter werden? Damit hätten wir wieder einmal einen großen Schritt in Richtung Gleichberechtigung getan.

Die „Hannoversche Allgemeine Zeitung" berichtete im Oktober 2014 über „catcalling". Sofort stellt sich bei mir das Bild ein, wie ich auf der Straße stehe und nach meiner Katze Feline rufe. Felines Anrufbeantworter kann nicht gemeint sein, denn davon weiß die „HAZ" nichts. In der Nachbarstraße füttert ein Mensch streunende Katzen. Ist das vielleicht ein „catcalling" Mensch? Oder bezeichnet „catcalling" einfach den Lockruf: „miez,miez"!

Wieder einmal liege ich mit meiner Vermutung, die eigentlich auf profunden Englischkenntnissen beruht, knapp daneben. „Catcalling" bezeichnet eine verbale, ungewünschte Belästigung von Frauen durch Männer auf der Straße, also im öffentlichen Raum. Wie schön, dass das nun endlich mal ein Thema wird und wichtig genug, um in der Zeitung darüber einen langen Artikel zu schreiben. Ich finde so eine Anmache nämlich auch nicht erbaulich und empöre mich schnell deswegen. Meine Analytikerin sagte jedoch während der Analyse, dass sie es bedauere, dass ihr die Straßenarbeiter nicht mehr auf der Straße hinterher pfeifen. Das konnte ich damals nicht so ganz nachvollziehen, allerdings war ich da erst 30 und sie so Ende 50. Sie hätte das „catcalling" wohl genossen. Wie dem auch sei, den meisten Frauen wird wohl nichts fehlen, wenn Männer auf der Straße ihren Mund halten und nicht die Lippen zum Pfiff spitzen. Diskussionswürdig finde ich dennoch das Wort „catcalling". Frauen mit – anschmiegsamen – Katzen zu vergleichen, die Mann mit „miez, miez, miez" herbei rufen kann ist ziemlich chauvinistisch.

Gerburg Jahnke, Kabarettistin und Mitglied der Misfits, prägte das mir bis dahin ebenfalls unbekannte Wort „Feminismustourette". Damit nun kann ich als Therapeutin etwas anfangen. Das hätte ich nämlich gelegentlich bei Bedarf auch gerne. Das Tourettesyndrom an sich ist eine psychiatrische Erkrankung. Die davon betroffenen Menschen haben Tics, verbal und motorisch, die sie nicht kontrollieren können. So flechten sie in ganz normale Sätze Wörter ein, die eigentlich niemand sagen darf. So zumindest bringen wir es unseren Kindern bei. Das sind zum Beispiel die bekannten Wörter, die mit fi oder Fo anfange. Die Menschen, die an einem Tourettesyndrom leiden, machen begleitend dazu auch noch obszöne Gesten. Eine Betroffene beschrieb es einmal als Schluckauf im Gehirn. Das Feminimustourette dagegen ist vergleichsweise harmlos. Motorisch kommt dann unkontrolliert und wiederholt der Stinkefinger zum Einsatz, ausgelöst durch männliche Präsenz. Und Wörter wie Chauvi, oder Wichser oder Kinderf.... darf ich mit diesem Syndrom ebenso ungestraft benutzen, weil das Feminismustourette eine nicht zu heilende Erkrankung ist. Was für ein herrliches Leben, in dem ich mich ganz ungestraft empören kann. Denn, wie Sie wissen, empöre ich mich nur zu gerne.

In der Zeitschrift „Brigitte" las ich dann noch das schöne Wort 'shapewear'. Das klingt ja echt edel und teuer und luxuriös. Aber der Begriff lässt mich doch etwas ratlos zurück. Da selbiger in der „Brigitte" steht, muss er wenigstens etwas mit Frauen zu tun haben. Shape ist das englische Wort für Profil oder Silhouette. Ich denke an Schönheitsoperationen, um der Nase ein netteres Profil zu geben, oder um ein fliehendes Kinn etwas aufzupolstern. Aber mit meinen Assoziationen zu den neuen Wörtern liege ich ja oft knapp daneben. Ich schlage also ‚shapewear' in Leos Internetwörterbuch nach, da mein Lexikon aus Studienzeiten diesen Begriff nicht kennt.

Leos Dictionary gibt als erstes Synonyme an wie ‚lady shapewear', oder auch ‚shapeware', des Weiteren auch ‚tummy-firming underwear' oder umgangssprachlich auch ‚belly hiding'. Aha, der Bauch soll versteckt werden und die entsprechende Übersetzung für ‚shapewear' bei Leos heißt dementsprechend schlicht und ergreifend Miederwaren. Hm, dafür hatten in meiner Jugend wir Backfische, so hießen die Teenager damals, die Wörter Miederhöschen und Büstenhalter, oder, wenn wir zum Austausch in England gewesen waren, auch ‚sloggy' oder ‚wonder-bra'. ‚Shapewear' hört sich im Gegensatz dazu natürlich viel beeindruckender an und löst auch keine Assoziationen aus, die sich auf einen Schwabbelbauch oder Hängebrüste richten.

Ihre Klara

PS: Das Ritzengrün heißt übrigens auch ‚gemeiner Mauerpfeffer'. Davon habe ich im vergangenen Frühjahr zwei Töpfchen aus dem Baumarkt für Freundin Audry gekauft. Die hat das Ritzengrün auf ihrem, vom Vermieter sehr vernachlässigten, Hinterhof in die Ritzen des Asphalts gepflanzt und dort hat es sich prächtig vermehrt. Vielleicht sollte Audry der Stadt Hannover etwas davon abgeben.

Wir Alten

Landauf landab ist davon die Rede, wie es wird mit uns Alten. Und das wirft Fragen auf. Wie werden wir dem Generationenproblem gerecht? Wie kann die Pflegeversicherung die Kosten auffangen, die auf sie zukommen. Was kann der Staat tun, was tut er nicht? Wann geht die junge Generation auf die Barrikaden, weil wir uns nicht rechtzeitig gekümmert haben? Wann wird die Sterbehilfe zu einer Sterbeverpflichtung, um Kosten zu sparen? Ist die Rente überhaupt noch sicher?

Alles Fragen, die zurzeit unbeantwortet bleiben und auch viel Zeit für die Beantwortung und Lösung brauchen. Das dauert erfahrungsgemäß Jahrzehnte. Dann allerdings bin ich voraussichtlich doch schon tot. Deshalb drängt für mich die Zeit. Die staatlichen Lösungen kann ich nicht abwarten und so muss mich rechtzeitig damit befassen, was aus mir wird, wenn ich einmal wirklich alt und pflegebedürftig werde. Denn auf „Die Politik" kann ich mich nicht verlassen. Wie also kann ich meine Zukunft im – pflegebedürftigen - Alter erträglich gestalten?

Meine Mutter wird voraussichtlich dann nicht mehr leben. Bislang, 93 Jahre alt, unterstützt sie mich immer noch. „Soll ich für dich kochen?" fragt sie, wenn ich mal wieder im Stress bin. Wenn ich krank bin, besorgt sie die notwendigen Medikamente aus der Apotheke und fragt stündlich fürsorglich, wie es mir geht. Das trägt dann sehr zu meiner Genesung bei. Und sie würde mich auch pflegen, sollte ich in dieser Hinsicht bedürftig sein. Aber ob sie noch lebt, wenn ich 90 bin, ist fraglich.

Mein Mann, der beste Ehemann von allen, unterstützt mich ebenso. Er kocht klaglos, wenn ich einmal wieder zu viel zu tun habe, putzt den versifften Herd, weil ich dazu keine Zeit habe, bringt das Auto zur Inspektion und vieles mehr. Er hält mir den Rücken frei, was ja eigentlich als Frau umgekehrt meine Aufgabe wäre, zumal ich jünger bin als er. Aber er ist eben ein bekennender Feminist und so werden die Unzulänglichkeiten, die sich im Alter auch bei mir einstellen, von ihm ausgeglichen.

Statistisch gesehen wird er aber vor mir sterben. Und dann? Da ich voraussichtlich mindestens 90 werde, bei den guten Altersgenen, die ich habe, werde ich alleine für mich sorgen müssen. Die Tochter lebt nicht in Hannover und kann mich deshalb auch nicht unterstützen. Und ob sie dann das zusätzliche Geld für ein gutes Heim aufbringen kann, ist heute noch nicht absehbar. Außerdem möchte ich sie nicht mit Sorgen um mich belasten.

Die Heime jedoch, die ich von meiner Pension bezahlen könnte, zusätzlich zu dem Satz der Pflegeversicherung, sind nicht die besten. Das weiß ich von einer Freundin, die ihre Mutter in einem Heim hat, viel Geld zubezahlt und trotzdem auf gestresstes Pflegepersonal trifft.

Da gilt es Vorsorge zu treffen, will ich nicht kläglich auf einer Pflegestation mit überfordertem Personal enden, das meinen Bedürfnissen nicht gerecht werden kann.

Ich frage meine gleichaltrigen Freundinnen um Rat und um ihre Überlegungen. Die aber haben sich noch keine Gedanken über die Pflege im Alter gemacht und können mir auch nicht weiter helfen.

Immerhin habe ich Freundinnen, die 20 Jahre jünger sind als ich. Also gehen meine Gedanken dorthin. Aber ob Hans und Karla mit 70 noch in der Lage sein werden, sich verantwortlich um mich zu kümmern, ist auch fraglich. Immerhin hat Karla schon eine Thrombose, und die ist gefährlich, was das Lebensalter betrifft. Außerdem kümmern die beiden sich rührend um meine Katze, wenn ich verreist bin. Aber ob sie das auch für mich zu tun bereit wären wenn ich pflegebedürftig bin, ist fraglich, und eigentlich möchte ich ihnen das auch nicht zumuten.

Eine Alten WG käme in Frage. Aber was ist, wenn ich in die Situation komme, die Mitbewohnerinnen pflegen zu müssen, obwohl ich das gar nicht mehr kann? Die Alternative scheidet also auch aus.

All diese Fragen lassen mich etwas ratlos zurück. Nun hat aber die neueste Traumforschung ergeben, dass unsere Träume durchaus in der Lage sind, schwerwiegende Probleme, quasi im Schlaf, zu lösen. Und in der Tat, es geschah. Ich träumte. Nicht von blühenden Landschaften und sonnendurchfluteten Wiesen. Nein, ich träumte, dass ich eine Bank überfalle.

Elektrisiert wachte ich auf. Das war die Lösung: Wenn ich dement oder pflegebedürftig werde, dann überfalle ich eine Bank. Die dafür benötigte Pistole werde ich schon im Rotlichtmilieu am Steintor bekommen. Und sie wird mich weniger kosten, als ein Platz in einem Seniorenstift. Bei diesem Banküberfall werde ich natürlich erwischt, weil ich kein Profi bin. Und Tote wird es auch nicht geben, weil ich keine Mörderin bin. Aber ein, wenn auch nur versuchter, Banküberfall ist, so hoffe ich, ein Kapitalverbrechen, und dann gibt es für mich im hohen Alter zwei Alternativen:

Entweder werde ich als unzurechnungsfähig dauerhaft in die Psychiatrie überwiesen, und dort gepflegt. Das dann bestimmt gewissenhaft, denn sonst schalte ich die Presse ein und einen Skandal kann sich die Behörde sicher nicht leisten.

Oder aber mir wird eine Schuldfähigkeit attestiert. Dann komme ich auf die Pflegestation des Gefängnisses. Auch hier könnte ich bei mangelhafter Pflege mit einem Skandal drohen und – schwupps – hätte ich die allerbeste Behandlung. Beides erspart meiner Tochter die Sorge um die Pflege und zusätzliche Kosten.

Schwierig wird es allerdings, wenn alle Alten auf die Idee kommen, kriminell zu werden. Dann sind die Gefängnisse überfüllt, für mich gibt es keinen Platz mehr, und alle Kleinkriminellen muss Niedersachsen dann aus Platzgründen laufen lassen.

Ihre Klara

PS: Ich werde mich trotzdem einmal rechtzeitig um eine Pistole kümmern

Das Urteil

Männer pinkeln in der Mehrzahl immer noch im Stehen. Dass sie das so einfach können, darum habe ich sie oft beneidet. Bei der Benutzung einer öffentlichen „Pinkelrinne" in China, oder auch bei einem Busstop in Indonesien, bei dem Frauen und Männer sich getrennt nach links und rechts „in die Büsche schlugen."

Dass sie es aber auch einfach in Deutschland tun, fand ich hingegen noch nie super, zumindest nicht auf meiner Toilette zu Hause.

Dennoch tun sie es. Ich merke das immer, wenn bei mir die Klobrille hochgeklappt ist. Trotz des diskreten Hinweises im Klodeckel. Besonders die Handwerker, die ich im vergangenen Jahr zu Hauf hatte, sind da bemerkenswert resistent, was das Sitzen auf der Toilette betrifft. Die klappen schon gleich hastig Deckel und Brille zusammen hoch. Den Hinweis im Deckel übersehen sie dann geflissentlich, weil sie wahrscheinlich zu beschäftigt sind mit dem Hosenreißverschluss und danach mit dem Rest.

Pinkeln im Sitzen gilt einfach immer noch als unmännlich. Seit den 80er Jahren kämpfen Frauen dafür, allerdings mit wenig Erfolg. Selbst die Softies mussten damals in unserer Wohngemeinschaft wenigstens so ihre Männlichkeit beweisen. Ich erinnere mich an etliche Diskussionen zu diesem Thema.

Ilse berichtete zu der Zeit, ihr Mann und ihre beiden Söhne hätten unisono behauptet, im Sitzen täte es weh. Was soll frau noch dagegen sagen? Ertragt die Schmerzen wie ein Mann? Sie hätten sich sicher gewehrt gegen solch eine Zumutung. Und so putzt Ilse wahrscheinlich immer noch brav das stille Örtchen, denn das finden ihre drei Männer natürlich unmännlich.

Nun aber gibt es einen höchstrichterlichen Beschluss zu diesem Thema. Darf ein Mann ungestraft in seiner Mietwohnung im Stehen pinkeln? Rauchen darf er ja nicht unbedingt mehr. Aber im Stehen pinkeln darf er durchaus.

Ein Vermieter hat seinen Mieter auf Schadensersatz verklagt, weil dessen Urinspritzer auf dem spiegelblanken Marmorfußboden matte Flecken hinterlassen haben. Die Richter oder die Richterinnen waren der Meinung, darauf hätte der Vermieter hinweisen müssen, dass Marmor Urin nicht mag. Wir Frauen hätten das natürlich gewusst, mögen wir Urin auf dem Fußboden auch nicht. Aber da haben nun Vermieter und auch Frauen schlechte Karten. Er darf im Stehen pinkeln ohne dafür die Verantwortung übernehmen zu müssen.

In der Urteilsbegründung vom Düsseldorfer Amtsgericht:

„Trotz der in diesem Zusammenhang zunehmenden Domestizierung des Mannes ist das Urinieren im Stehen

durchaus noch verbreitet. Jemand, der diesen früher herrschenden Brauch noch ausübt, muss zwar regelmäßig mit bisweilen erheblichen Auseinandersetzungen mit – insbesondere weiblichen – Mitbewohnern, nicht aber mit einer Verätzung des im Badezimmer oder Gäste-WC verlegten Marmorboden rechnen". (AZ: 42 kC 10583/14). Und gibt es zum Thema Aufwischen vielleicht auch schon ein Urteil?

Ihre Klara

PS: Mein Ehemann, der beste von allen, war schon domestiziert, als ich ihn kennen lernte. Und wie ist das mit Ihrem?

Flüchtlinge

„Bei den Bundesbürger*innen macht sich zunehmend Angst breit, dass diejenigen, die nun Woche für Woche mühelos über die Grenze kommen, das Sozialsystem sprengen und den Wohnungs- und Arbeitsmarkt zum Kollabieren bringen. Nach vorsichtigen Schätzungen werden 1,5 Millionen erwartet. Viele fragen sich, wieso kommen die noch? Wissen die nicht, dass wir keine Wohnungen und Stellen haben. In Stuttgart brannten Gegner ein Übergangsquartier bis auf die Grundmauern nieder. Täglich Schlägereien in Notquartieren, drangvolle Enge in Turnhallen und Kasernen. Frauen werden sexuell belästigt. Und deshalb kommt Gerd Stille, Bürgermeister im niedersächsischen Rodenberg, zu dem Schluss: Wir halten dieser Belastung nicht mehr Stand und er äußert im Namen vieler die Hoffnung, ‚Hoffentlich wird die Mauer bald wieder dicht gemacht.'"
(Der Spiegel, 19.2.1990)

Was haben wir gejubelt, als in Ungarn der Zaun niedergerissen wurde. Mit viel Applaus wurden sie begrüßt, die Wirtschaftsflüchtlinge und die politischen Flüchtlinge, die über Ungarn aus der damaligen DDR nach Deutschland wollten. Viele hatten wir sogar in den Jahren zuvor „frei gekauft". Aber wirklich schlecht ging es ihnen eigentlich nicht. Sie hatten ihr Auskommen, dort in ihrem Heimatland, sie durften nicht unbedingt ihre Meinung sagen und sie durften auch nicht in der Welt herumreisen. Aber sie hatten Autos, die sie fahren konnten, ein sicheres Dach über dem Kopf, sie mussten nicht hungern, sie alle hatten Arbeit , für die Kinder gab es Kitas, es gab keine akzeptierten Vergewaltigungen von Frauen, schon gar nicht Zwangsheiraten, Frauen waren gleichberechtigt. Sie alle durften reisen, hatten sogar das Geld dafür. Allerdings standen für sie nur bestimmte Länder offen, nicht aber die ganze Welt. Sie hatten eine Altersvorsorge und mussten sich nicht darum kümmern, wer sie an ihrem Lebensabend versorgen würde. Na gut, freien Zugang zu allen Medien hatten sie auch nicht. Sie mussten sich mit dem begnügen, was der Staat ihnen als Nachrichten vorsetzte. Sie mussten allerdings auch keine Angst vor Krieg und Verfolgung haben. Auch mussten sie nicht Hunger leiden, weil sie keine Arbeit fanden. Aber sie kamen dennoch, wollten ihr Land verlassen, damals 1989. „Wirtschaftsflüchtlinge" und „politische Flüchtlinge" waren sie allesamt. Nur der Begriff „falsche Flüchtlinge" wäre uns, damals, nicht eingefallen. Wir haben sie alle herzlich empfangen, ihnen am Grenzübertritt echten Bohnenkaffee aus unseren so guten westlichen Thermoskannen gespendet, ihnen applaudiert beim Grenzübergang und Bananen geschenkt, die sie so schmerzlich in ihrem Land vermisst hatten. Wir haben sie bedauert ob ihrer eingeschränkten Lebensweise und fanden, dass sie ein Recht darauf haben, die Vorzüge des freien Deutschlands zu genießen. Es waren so ungefähr 16 Millionen, die zu uns kamen. Und wir haben sie willkommen geheißen, sogar Freudentränen vergossen. Wir haben den Soli geschaffen, um ihnen auch finanziell zu helfen. Niemand hat deswegen gemurrt. Und wir haben es geschafft. Wir mussten uns noch nicht einmal wirklich einschränken. Wir haben geteilt. Waren sie doch alle Deutsche. Und Aldi und Co jubelten, gab es jetzt ja ungefähr 16 Millionen mehr Menschen, mit denen sich Geld verdienen ließ.

Nun kommen die Syrier*innen, die Bosnier*innen, die Kenianer*innen, und etliche andere. Viele von ihnen fliehen vor den Kriegszuständen in ihrem Land. Die bedauern wir, die wollen wir aufnehmen, denen geben wir Asyl, wenn sie denn wirklich mit dem Tod bedroht werden. Dort in ihrem Heimatland. Aber eben auch nur dann.

Jetzt aber kommen nicht nur die, sondern auch die sogenannten „Wirtschaftsflüchtlinge". Die, die in ihrem Land keine Arbeit finden, die keine Altersvorsorge haben, die keine angemessene medizinische Behandlung in ihrem Land finden. Die, die nicht reisen können, da ihnen das Geld fehlt. Die, die nur die Bananen wollen. „Falsche Flüchtlinge" werden sie genannt. Und plötzlich haben wir kein Geld für sie. Keinen Soli. Keine Thermoskannen mit Kaffee. Und schon gar nicht Bananen. Die haben sie ja sowieso, jedenfalls die, die aus Afrika kommen. Sie sind eben Schwarze, Braune, Sinti, Roma,

Moslems und keine Deutschen. Und die deutschen Firman, die ihre Produktion ins Ausland verlagern, weil sie so höhere Profite einfahren können und es ihnen deshalb richtig gut geht, die werden schon gar nicht als Wirtschaftsflüchtlinge bezeichnet.

Ungarn baut wieder den Zaun an der Grenze, lässt aber die Flüchtlinge in Zügen nach Deutschland reisen. Nur dieses Mal jubeln wir nicht.

Ich bin wütend. Und deshalb ist das nicht die gewohnte Glosse. Wie soll frau sich auch lustig machen angesichts brennender Flüchtlingsheime und rechtsradikaler Parolen?

Ihre Klara

PS: 16 Millionen DDR Bürgerinnen waren es, knapp 30% der damaligen westdeutschen Bevölkerung. Dieses Jahr werden 800 000 Flüchtlinge prognostiziert. Das ist knapp 1% unserer jetzigen Bevölkerung. So what???

FreundInnen

Kürzlich stellte ich fest, dass ich kaum Freunde oder Freundinnen habe. Das wollte ich gerne ändern, verlängern doch stabile Freundschaften die Lebenserwartung.

Ich ging auf die Straße setzte mich auf die Bank vor dem Haus in der Südstadt und sah mir erst einmal die Menschen an, die vorbei gingen. Wer von ihnen war wohl geeignet, in meinem neu zu schaffenden Freundeskreis aufgenommen zu werden? Da gab es zunächst einmal die, die eine Aura schlechter Laune verbreiteten. Nun ja, die wollte ich nicht, schließlich ging es um eine höhere Lebenserwartung und nicht um Verkürzung der Lebenszeit. Kinder kamen auch nicht in Frage. Da ist der biographische Hintergrund doch zu weit auseinander. Aber vielleicht, so überlegte ich, verjüngt eine solche Freundschaft. Also sprach ich das nächste Kind, es mag im Alter meines Enkelsohnes gewesen sein, an: „Willst du meine Freundin sein?" „Ja gerne", strahlte sie mich an. „Ich habe dich lieb" fuhr sie noch fort, ließ mich dann stehen und ging weiter.

Als nächstes kam eine Frau so um die 40 vorbei, die fröhlich vor sich hin summte. Die schien richtig zu sein. „Willst du meine Freundin sein?" fragte ich sie. Sie sah mich geistesabwesend an und ging grußlos weiter. So schwer hatte ich mir das nicht vorgestellt. Ich musste mir also etwas anderes einfallen lassen.

Beim Nächsten, es war ein junger Mann, versuchte ich es mit: „Ich habe heute Morgen bei Vogelgezwitscher gefrühstückt" und strahlte ihn an. „Aha", sagte er, schüttelte den Kopf und ging weiter.

Nach weiteren drei vergeblichen Versuchen holte ich die Fotos meines Enkelsohnes. Gerade kam eine Frau meines Alters vorbei. Jetzt musste es klappen. Ich hielt ihr ein besonders niedliches Foto vor die Nase und sagte. „Das ist mein Enkelsohn. Ist er nicht süß?" Die ältere Dame murmelte etwas von „Lesebrille vergessen" und ging weiter indem sie etwas vor sich hin brabbelte, das wie „verrückt" klang.

Ich versuchte es noch mit Urlaubsfotos, einem witzigen kleinen Gedicht, Weisheiten aus dem Buddhismus, Schilderung meines Abendrituals, dem Inhalt des letzten Tatorts, einem Hinweis auf eine open Air Veranstaltung am selben Abend, sogar mit einer Einladung zum Grillen auf meiner Terrasse. Nichts, aber auch gar nichts brachte mir neue Freundinnen oder Freunde.

Nach einer guten Stunde, ich wollte schon frustriert aufgeben, hielt ein Wagen vor dem Haus, aus dem zwei freundlich aussehende Herren ausstiegen. Ich fragte den einen von beiden: „Willst du mein Freund sein?" „Aber gerne, begleiten Sie mich doch ein Stück." Endlich ein Freund dachte ich, ging mit ihm und fand mich in einem Krankenhaus wieder. Der Herr, er hieß Arnold, war Psychiater und wollte mir seinen Arbeitsplatz zeigen. Das fand ich total nett.

Wir unterhielten uns über dies und das, ich erzählte von meiner Familie, zeigte Fotos, er hörte geduldig zu mit „Hmm, aha, ja, ja" und „Interessant."

Dann fragte er mich nach meiner Freundessuche. Vor allem interessierte ihn die Tatsache, dass ich Kinder angesprochen hatte. Er sei Psychiater, sagte er, und fügte hinzu, dass ich mich doch etwas komisch benommen habe. Das verstand ich nun gar nicht. Auf Facebook sei dieses Verhalten doch gang und gäbe, erklärte ich. Ich habe es nur analog versuchen wollen, weil da die Gefahr des Datenklaus nicht gegeben sei.

Nach etlichen Ermahnungen und Belehrungen durfte ich gehen und bekam zwei Wochen später eine Rechnung über eine Therapiesitzung mit der Diagnose: *Leichte Desorientierung, signifikante Distanzlosigkeit, manische Phase, mittelschwer, soziale Inkompetenz, digitaler Analphabetismus, sich selbst und andere nicht gefährdend.*

Ihre Klara

PS: Als wir uns freundlich verabschiedeten versicherte mir Arnold seine Freundschaft und empfahl mir die Aufnahme einer ambulanten Psychotherapie. Dann bat er mich noch, seine Facebookseite zu „liken".

Mein Mann, seine Küche und ich

Mein Mann, der beste Ehemann von allen, und ich hatten, seit wir uns kennen und lieben, getrennte Wohnungen, „um die Ecke". Das hat seinen guten Grund: So unterschiedlich wie wir sind in Bezug auf Ordnung, ästhetische Wohnungsgestaltung, den Tagesablauf und vieles mehr hätte das in gemeinsamen Räumen unweigerlich zu unüberbrückbaren Konflikten und womöglich zur Trennung geführt. So aber waren wir beide zufrieden. Ich genoss seine Anwesenheit, wann immer er bei mir war. Nicht hauptsächlich, aber unter anderem, weil der beste Ehemann von allen sich in meinen Räumen an meine Vorstellungen von Ordnung hielt. Er brachte ungefragt den Müll runter, räumte die Küche auf, wenn ich gekocht hatte, kochte für uns, wobei er in der Küche kein Chaos veranstaltete, unterhielt mich mit kleinen Anekdoten und hinterließ keine schmutzigen Socken oder Unterhosen. Und ich konnte seine Anwesenheit genießen. Bei meinen regelmäßigen Mädels Abenden zog er sich genüsslich in seine eigenen vier Wände zurück, froh, seine Ruhe zu haben. Und ich musste kein schlechtes Gewissen haben, weil er sich ausgeschlossen fühlen könnte. Meine Freundinnen beneideten mich um diese individualisierte und dennoch auf Gemeinsamkeit bedachte Ehe.

Nun aber ist mein Mann umgezogen. Ihm wurde wegen Eigenbedarfs gekündigt und er zog zwar wiederum in eine eigene Wohnung, dieses Mal allerdings nicht „um die Ecke", sondern in dasselbe Haus, in dem sich meine Wohnung befindet.

Ich sollte noch erwähnen, dass ich ein striktes Verbot hatte, in seine Wohnung „um die Ecke" zu kommen. Meine Phantasie hätte angeregt werden können, weshalb er dieses Verbot aussprach. Aber ich fand es ganz praktisch, dass er immer zu mir kam und ich nicht nächtens die Wohnung wechseln oder morgens, noch schlaftrunken, in meine Wohnung laufen musste. Außerdem gibt es eine Katze, auf die ich Rücksicht nehmen muss. Die nämlich hätte mir öftere nächtliche Abwesenheiten mit Sicherheit übel genommen.

Zurück zu den Wohnungen im selben Haus. An unserem Zusammenleben in meiner Wohnung änderte sich nichts. Der beste Ehemann von allen passte sich, wie bisher auch, meinen Angewohnheiten an. Konnte ich aber bisher alles ausblenden, was seine Wohnung betraf, so ist mir das nun nicht mehr so ohne weiteres möglich. Immer wieder gibt es Anlässe, wegen derer ich kurz zu ihm kommen muss. Sei es, dass ich die Post zu ihm bringe, oder auf dem Weg zum Dachboden ein kurzes „Wie geht es dir?" in die Wohnung rufe, oder aber weil sich an meinem Tagesablauf eine Änderung ergeben hat, die ich mit ihm besprechen möchte.

Und dann trifft mich regelmäßig der Schlag. Ich nämlich, die ich auch nicht gerade zwanghaft ordentlich bin, kann den Anblick des Wohnungschaos, ganz besonders des der Küche, kaum ertragen. Die nähere Beschreibung erspare ich den Leserinnen und Lesern an dieser Stelle. Vor allem die Ordnung und Sauberkeit in der Küchenzeile beeinträchtigte mein Wohlgefühl beim Betreten der

Wohnung erheblich und jedes Mal ein wenig mehr. In den ersten Wochen der individualisierten und dennoch auf Gemeinsamkeit bedachten Ehe im selben Haus versuchte ich mich zu beruhigen. Das ist nicht deine Wohnung, sagte ich mir, er muss sich wohl fühlen, ich würde mir auch nicht in meine Ordnung reinreden lassen, soll er doch so wohnen, wie er möchte, und etliches mehr.

Irgendwann half das nicht mehr. „Schatz", versuchte ich vorsichtig, „soll ich mal abwaschen?" Oooh, das hätte ich nicht sagen dürfen. Ein Sturm der Entrüstung erwartete mich. Das sei demütigend, wenn ich für ihn abwüsche, außerdem hätte er das Recht, so zu leben, wie es ihm passt. Und überhaupt könne er in seiner Wohnung so leben, wie er das für richtig hielte. Ich solle mich da gefälligst raushalten.

Das fiel mir schwer. Ich versuchte es mit dem Hinweis, ich würde mich gerne bei ihm wohlfühlen, ihn öfter mal besuchen kommen. Das änderte aber auch nichts. Die Frage „Fühlst du dich wohl in deiner Wohnung?", gestellt in der Hoffnung, es würde ihn zum Nachdenken anregen, wurde mit einem einfachen „Ja" beantwortet. Und er verbat sich ausdrücklich meine Einmischung in die Gestaltung seiner Wohnung.

So ging das mehrere Wochen hin und her, verbunden mit kleinen Sticheleien meinerseits. Mein Unbehagen wuchs, sein Widerstand ebenfalls. Eines Tages putze ich die Küche gegen seinen erbosten, erbitterten Widerstand. Fast wäre es zu Handgreiflichkeiten gekommen. Ich wusch ab, ungerührt ob seiner Drohungen, verstaute das saubere Geschirr ordentlich und brachte den Müll runter. Die Küche glänzte. „Oh, das kannst du gerne einmal die Woche machen", strahlte mich der beste Ehemann von allen ob der blitzblanken Küche ganz unerwartet an. Das wiederum empörte mich. Die Zeiten, dass ich, weil Frau, für das Putzen zuständig bin, sind für mich seit den 68ern vorbei. Knurrend verzog ich mich in meine Wohnung.

Meine geschaffene Ordnung hielt übrigens einen Tag an, am zweiten sah alles so aus, als hätte ich nie geputzt.

Irgendwann platze mir der Kragen und ich schleuderte ihm „Saustall" entgegen. Das widerspricht nun eigentlich meiner Grundhaltung erstens Ich-Botschaften auszusenden und zweitens keine Beleidigungen zu starten. Nun aber war es passiert und ich rauschte empört ab.

Ich verbrachte eine unruhige Nacht wegen des Streits und meiner Beschimpfung. Am nächsten Morgen hatte der beste Ehemann von allen aber bereits eine Versöhnungsmail geschickt. Er erlaube mir, einmal die Woche die Küche zu kontrollieren und je nach Zustand auch herzhaft zu fluchen. Außerdem liebe er mich. Da fühlte ich mich nun allerdings wie Mutti, die den unartigen Jungen kontrolliert. Das wollte ich auch nicht.

Nun aber haben wir eine geniale Regelung gefunden. Mein Mann kocht, wie bisher, mindestens einmal die Woche für uns. Das aber nicht mehr in meiner Küche, sondern in seiner. Dafür muss er mindestens eine Sichtreinigung vornehmen. Und da wir die Regelung haben, dass immer einer kocht, und die andere dann die Küche aufräumt, wasche ich nun, nach einem perfekt gekochten Menü, das Geschirr ab, räume ein wenig in der Küche und lasse mich anschließend zu einem gemütlichen

Fernsehabend neben dem besten Ehemann von allen auf seinem Sofa nieder.

Ihre Klara

PS: Vielleicht sollte ich meinem Mann, dem besten Ehemann von allen, zu seinem Geburtstag für ein Jahr den wöchentlichen Einsatz einer Haushaltshilfe schenken. Ob ihn das glücklich machen würde? Mich definitiv.

Mein Papst und ich

Mein Mann, der beste Ehemann von allen, ist überdurchschnittlich gebildet. Im Gegensatz zu mir behält er alles, aber auch einfach alles, was er einmal gelesen hat. Er weiß zum Beispiel alles über die Häuser Habsburg, Wittelsbach und Bourbon im 18. Jahrhundert. Auch kann er mir den Zusammenhang zwischen Georg I und Georg II, den Welfen, Heinrich dem Löwen und den Briten erklären. Die Personalunion, so mein kluger Ehemann, endete, als nicht Königin Victoria, sondern Ernst August I den Thron von Hannover bestieg. Und nicht nur aber auch deswegen finde ich meinen Mann überdurchschnittlich gebildet. Der beste Ehemann von allen hat mir die Geschichtsdaten samt aller Verbindungen, Mätressen, Liaisons mehrfach referiert aber ich kann es mir trotzdem nicht merken. Ich habe leider kein Histo-Gen.

Unglücklicherweise gilt es als ungebildet, dasselbe Wissen über die gegenwärtigen Königshäuser aufzuweisen. Dass ich im Wartezimmer meiner diversen Ärztinnen und Ärzte und ebenso beim Friseur gerne die Regenbogenpresse lese, verschweige ich deswegen auch schamhaft. Aber ich bin gut informiert, wahrscheinlich ausnahmsweise besser als mein Mann. Da wird ja nicht nur über

Charles und Camilla berichtet, sondern auch über die zauberhafte Kate, die ebenso zauberhafte Mette-Marit und die neuesten Skandale um König Gustav von Schweden, während Königin Sylvia sich über ihre Enkelin freut. Außerdem wird natürlich auch noch geschildert, wer von den Celebrities gerade in einer Entzugsklinik gelandet ist, wer wen verlassen oder geheiratet hat, und wer was bei der letzten Gala getragen hat. Das steht dann zum Beispiel: Maria Furtwängler trug ein aufregend dekolletiertes langes blaues Abendkleid (Escada). Joop, Louis Vouiton, Lagerfeld und alle anderen wichtigen Modelabels werden auch erwähnt. Ich weiß, wie Uschi Glas wohnt und dass der leider verstorbene Udo Jürgens, schenkt man seinen Verwandten, Managern und Fans Glauben, ein ganz toller Kerl und liebevoller Mensch war. Dabei ... aber das schreibe ich hier besser nicht.

Nun aber gibt es ein neues Blättchen, 72 Seiten stark. Als Zielgruppe werden Frauen über 40 genannt. Hm, da gehöre ich ja auch schon dazu. Ich stiefele also zum Kiosk und verlange mit sehnsüchtiger Stimme:" Einmal ‚Mein Papst' bitte." Nein, das ist kein Tippfehler. Ich will nicht meinen Papst haben, sondern das neue Hochglanz- Wohlfühlmagazin ‚Mein Papst'. Die insgesamt bundesweit gedruckten 250000 Exemplare sind jedoch leider schon ausverkauft, aber der Kioskbesitzer hat ‚Mein Papst' schon gelesen und berichtet atemlos: „Stellen Sie sich vor, da ist doch der Pizzabäcker Enzo Cacialli trotz Sicherheitsvorkehrungen bis zum Papamobil vorgedrungen und hat ihm eine Pizza mit gelben Tomaten überreicht. Und der Papst war ganz demütig und dankbar mit einem zauberhaften Lächeln im Gesicht."

Das ist ja nun schade, dass ich die neuesten Homestorys über den Papst verpasse. Und vor allem den Papst als Posterboy, das „Poster mit Botschaft", bekomme ich jetzt auch nicht. Das ist damit sicherlich wie damals mit der ‚Bravo'. Da gab es ebenfalls Pinup Posters meiner Lieblingsstars. Allerdings musste ich mir etliche Ausgaben kaufen, bis ich das lebensgroße Poster, das in mehrere Teile zerschnitten war, zusammensetzen konnte.

Außerdem gibt es auch die Papstbiographie zum Heraustrennen, die wiederum in mehreren Teilen, damit der regelmäßige Kauf gesichert ist. Da verpasse ich nun auch den ersten Teil

Immerhin gibt es online eine Leseprobe:

Dass der Papst ganz bescheiden in einem 51 Quadratmeter großen Appartement im Gästehaus lebt, wissen wir ja schon alle. Da habe ich in meiner Wohnung doppelt so viel Platz und wohne somit ‚päpstlicher als der Papst'.

Aber wussten Sie, dass der Papst in Asien tatsächlich ein gelbes Regencape getragen hat wie alle anderen? Auch steht da auf den ersten Seiten, dass er die Menschen bezaubert hat. Ebenfalls lese ich, dass Rom monumentale Sehenswürdigkeiten hat. Aha! Gut zu wissen.

 Es gibt viele Fragen, die ich gerne dem Papst stellen möchte, die nun aber vielleicht das neue Hochglanzmagazin beantworten kann.

Ich wüsste gerne, was der Papst unter seiner Soutane trägt. Hat er vielleicht Prostatakrebs, wie so viele Männer seines Alters? Oder ist er dank göttlicher Gnade gesund. Sein Vorgänger war es ja nicht.

Auch interessiert mich, welches Aftershave er benutzt und welches Duschgel. Die nächste Reklame einer bedeutenden Marke heißt dann bestimmt: „Damit duscht sich der Papst"

Muss der Papst nachts auch auf die Toilette oder schläft er durch? Ich frage mich, wo der Papst seinen Kaffee holt, was er für Ostern plant. Ob er wohl auch mal selber kocht? Und wenn ja, was? Welche Marke haben seine Unterhosen? Sind die normal oder sind es Boxershorts. So viele Fragen, die nun ‚Mein Papst' beantworten kann.

Ihre Klara

PS: wussten Sie, dass es in Deutschland 83 Blättchen der Regenbogenpresse gibt. ‚Adel heute' kommt mit 45000 Exemplaren monatlich eher bescheiden daher. Die ‚Freizeit Revue' hingegen bringt es auf 805555 Exemplare wöchentlich. Da müsste sich doch ‚Mein Papst' mit 250000 Exemplaren monatlich unter die Frauen ab 40 bringen lassen. Immerhin war die erste Auflage schon ausverkauft. Ach, und kann mir jemand die erste Ausgabe von „Mein Papst" ausleihen?

Alle Macht den Frauen

„Alle Macht den Frauen", sagte der beste Ehemann von allen. „Ihr seid ja sowieso die Mehrheit". Nicht schlecht, denke ich, ich würde da mitmachen.

Auslöser für seine Aussage war die Eskalation in Köln am Silvesterabend. Da haben nämlich muslimische Flüchtlinge, „mutmaßlich" Syrer und Nordafrikaner, Frauen öffentlich sexuell belästigt und in Einzelfällen vergewaltigt.

Der Zentralrat der Muslime klagt seitdem über eine zunehmende Feindseligkeit gegenüber Muslimen und Muslimas, so steht es in der Presse zu lesen. Von einer neuen Dimension des Hasses, von Drohbriefen und Hassmails ist die Rede. Die Flüchtlinge sind schuld, dass es soweit in unserem Land gekommen ist, so sagt es ein Teil der Bevölkerung. Frauen werden öffentlich sexuell belästigt, sogar vergewaltigt, *VON FLÜCHTLINGEN*, und Merkels Umfragewerte sinken, ist sie doch Schuld an der Misere mit ihrer Willkommenskultur.

Wussten Sie jedoch, dass es zu Zeiten der Frauenbewegung in den 70ern bereits Vergewaltigungen gab? Als sich aus diesem Grund unter Frauen eine zunehmende Feindlichkeit gegenüber Männern breit machte, wurde allerdings gesagt, so schlimm seien die Männer doch gar nicht. Kleingeredet wurde es damals. Die Frauen haben selber Schuld hieß es. Hätten sie sich nicht aufreizend gekleidet? Oder sogar geflirtet? Also sollten wir uns damals, so wurde den Frauen geraten, zurückhalten, den Männern gegenüber. Leider waren wir dann, befolgten wir den Rat, frigide Zicken, aber diese Beschimpfung war immer noch besser als eine Vergewaltigung. Und zudem gesellschaftlich akzeptiert. Da hat sich niemand drüber aufgeregt, schon gar nicht gab es Hasskommentare in der Presse zu lesen. Und dann geriet es ein wenig in Vergessenheit, das Thema Vergewaltigung und Männer. Jetzt ist es wieder da, dieses Thema. Und wie!!! Weil es Muslime waren. Und das ist wirklich schlimm und kann nicht mehr kleingeredet werden. Als neuer Tipp, so hören wir jetzt, gilt eine Armeslänge Abstand zu Männern als Schutz.

Ach ja? Welche Frau geht denn schon seit Jahren noch freiwillig abends allein durch unseren Stadtwald, die Eilenriede, auch schon zu Zeiten, als es noch keine größere Anzahl Muslime im Land gab? Da wissen wir doch, dass eine Armeslänge im Zweifelsfall nicht schützt. Mein Vater gab mir als pubertierendes Mädchen noch keinen Tipp dieser Art. Zwar traute er den Jungs, die mich von einem Partybesuch nach Hause hätten begleiten können, nicht, aber von einer Armeslänge Abstand sagte er nichts. Stattdessen gab er mir für die Heimkehr Geld für ein Taxi. Die alltägliche sexualisierte Gewalt gegen Frauen hat also Tradition in Deutschland. Erst 1997 wurde „die Vergewaltigung in der Ehe, die beischlafähnliche Vergewaltigung und die Tat bei Einschüchterung und Abhängigkeit" unter Strafe gestellt. Das ist noch keine 20 Jahre her.

Zurück zu den Muslimen. Von denen vergewaltigt oder sexuell belästigt zu werden ist offensichtlich schlimmer, als wenn ein deutscher Mann beteiligt ist. Alle Flüchtlinge raus aus Deutschland, so deshalb die Forderung eines Teils der Bevölkerung, denn alle sind Muslime und somit potentielle Vergewaltiger, Frauenverächter. Gut so. Dem stimme ich zu. Allerdings sollte es nicht nur für Muslime gelten.

Herr Edathy, ein prominenter Volksvertreter, kam wegen kinderpornographischen Materials auf seinem Laptop für eine Zahlung von 5000 Euro – als Politiker für ihn wohl nur ein Taschengeld – ohne Strafe davon. Nein, es gab keine Ausweisung, und von Hassmails stand auch nichts in der Presse, schon gar nicht von einer neuen Dimension des Hasses. Und wussten Sie, dass auch Politiker schon gelegentlich Frauen vergewaltigt haben? Deshalb müssen nicht nur die Muslime, sondern auch die Politiker gehen, sind sie doch wegen oben genannter Vorfälle potentielle Kinderschänder und Vergewaltiger.

Aber die Muslime sind ja keine Christen, und im Islam ist die Vergewaltigung an der Tagesordnung, so wird vielfach gesagt.

Hm, da fallen mir etliche Priester, Christen wohlgemerkt, ein, für die Kinderschändung noch immer ein Kavaliersdelikt gibt. Oder kennen Sie eine zunehmende Feindlichkeit gegenüber Priestern? Gibt es da eine neue Dimension des Hasses? Ich habe noch nichts davon gehört. Folgerichtig jedoch zu der Forderung ,alle Flüchtlinge raus aus Deutschland' müssten alle Priester ebenfalls raus. Dann könnten wir alle Kirchen den schutzsuchenden Frauen aus muslimischen Ländern als Unterkunft anbieten. Allerdings wäre das dann gar nicht mehr nötig, weil die muslimischen Männer schon raus sind. Bleibt die Frage, was mit den muslimischen Jungen werden soll. Die sind ja noch Kinder. Ja aber, so höre ich, die können ja auch zu Vergewaltigern herangezogen werden. Also auch: Raus aus Deutschland samt ihren Vätern.

Und überhaupt auch alle deutschen Männer. Die vergewaltigen nämlich auch gelegentlich, öfter vielleicht noch als Muslime, weil männliche Deutsche zahlenmäßig den männlichen Muslimen überlegen sind. Also auch die Männer, und die Knaben, weil sie einmal Männer werden, sollten Deutschland verlassen, und wir hätten dieses Land endlich für uns. Allerdings hätte ich dann bedauerlicherweise auch keinen Ehemann mehr. Der vergewaltigt niemals eine Frau, dafür verbürge ich mich, aber als deutscher Mann stünde er, genauso wie die Muslime, unter Generalverdacht. Und müsste demzufolge raus aus Deutschland. Alle Macht den Frauen!

Ihre Klara

PS: Das Problem ist, dass wir uns dann nicht mehr fortpflanzen könnten, und irgendwann wäre Deutschland dann leer. Auch nicht schlecht, oder?

Deutsche Sprache

Seit geraumer Zeit betreue ich ausländische Studierende mit dem Ziel, Ihnen die deutsche Kultur und Sprache näher zu bringen. Das betrachte ich als äußerst gewinnbringend. Der Kontakt mit meinen beiden Studentinnen aus Jordanien und Kolumbien hat mich sehr bereichert. Allerdings ist mir auch klar geworden, wie schwer es ist, meine „Muttersprache" zu lernen. Ich weiß jetzt zum Beispiel, dass die beiden Schwierigkeiten mit den Fällen und den Artikeln haben. Ehrlich gesagt: Möchten Sie das lernen müssen? Ich nicht, das wäre mir viel zu kompliziert, obwohl es dafür Regeln geben soll mit allerdings etlichen Ausnahmen. Da bin ich froh, dass ich das einfach so weiß, von Geburt an.

Nun saß ich kürzlich neben einer Deutschen, die sich beklagte, dass der Student den sie betreut, die Artikel und die Fälle nicht korrekt spricht. Ich weiß aber auch, dass Chinesisch sprechen außerhalb meiner Fähigkeiten liegt. Das ist viel zu schwer, nicht wegen der Artikel, sondern wegen der Intonation.

Ich lernte selbigen Chinesen etwas später kennen. Er konnte sich gut verständigen und die kleinen grammatischen Fehler schmälerten nicht seine Kommunikation. Ich habe mir verkniffen, die Deutsche zu fragen, wie gut denn schon ihr chinesisch sei.

Nun betreue ich seit neuestem eine Bulgarierin, die ausgezeichnet Deutsch spricht und mich verblüffte mit ihren persönlichen Regeln, wie sie die deutschen Artikel lernt. „Alle Gegenstände, die von Frauen genutzt werden", so sagte sie, „sind weiblich." Als Beispiel führte sie an: Die Spülmaschine, die Waschmaschine, die Nähmaschine, die Hausarbeit. Was ist mit ‚der Herd', fragte ich. Nun ja, konterte sie, in den Kochshows im Fernsehen treten doch nur Männer auf. Das konnte ich natürlich nicht widerlegen und machte mich zugegebenermaßen nachdenklich. Tagtäglich kochen Frauen für ihre Familien, aber wenn es um die narzisstische Selbstdarstellung im Fernsehen geht, sind immer die Männer vorne. Sarah Wiener ist da die berühmte Ausnahme, die die Regel bestätigt.

Ferner erläuterte die Studentin, dass viele Gegenstände mit dem männlichen Artikel auch fast ausschließlich Männern zugeordnet werden: Der Sessel, der Fernseher, der Fußball, der BMW, der Audi, der Mercedes, der Feierabend, der Skat Club, der Bohrhammer, und vieles mehr. Vielleicht ist es ja doch so, dass Sprache Bewusstsein schafft und Bewusstsein Sprache.

Ihre Klara

PS: Bei mir zu Hause heißt es übrigens **der** Geschirrspüler.

Digital vernetzt

Ich stamme aus einer konservativen Kaufmannsfamilie. In dieser war es ein absolutes „No-Go" etwas zu kaufen, was nicht bezahlt werden konnte. Also spare ich, eisern, milde belächelt von meinen Freundinnen und dem besten Ehemann von allen. Einen Kredit für Konsumgüter aufnehmen oder gar etwas „auf Raten" zu kaufen würde mir nicht im Traum einfallen. So gibt es ein „Extrakonto" bei einer Onlinebank, auf dem immer eine stille Reserve schläft, die ich bei entsprechenden Gelegenheiten bemühen kann.

Nun hatte ich auf eine neue Küche gespart. Die alte war schon etwas in die Jahre gekommen und ich fand, ich hätte mal etwas Neues verdient. Also habe ich erst einmal gegoogelt und mich nach günstigen Angeboten umgesehen, um zu schauen, ob mein Gespartes reicht. Just in dem Moment, als ich mich fast für eine dieser Turboküchen entschieden hatte, ging mein Auto kaputt. Zwar durfte es das nach 15 Jahren, nur war es erst einmal nix mit der neuen Küche. Immerhin hatte ich danach noch genügend Geld für einen Kurztrip nach Rom auf dem Konto. Ich wollte gerade buchen, da röchelte meine Waschmaschine, auch schon 16 Jahre alt, aus dem Badezimmer. Kaputt. Und so wurde das Urlaubsgeld für eine neue Waschmaschine gebraucht und mit dem Rombesuch war es erst einmal Essig.

Im folgenden Monat, es war gerade wieder etwas Geld auf dem Sparkonto, gab meine Küchenmaschine den Geist auf. Die war auch schon etwas älter und vielleicht hätte ich auf sie sogar verzichten können, aber da ich mein Brot immer selber backe, hilft sie mir beim langwierigen Rühren des Teiges.

Allmählich wurde ich stutzig. Kaum war Geld auf dem Sparkonto, ging das eine oder andere Gerät kaputt und mein sauer erspartes Urlaubsgeld musste anders investiert werden.

Nun sind ja alle elektronischen Geräte, ob für Entertainment oder Küche, mittlerweile digital gesteuert, gelegentlich auch schon mit WLAN verbunden. Ich befürchte, dass dadurch alle Geräte einen Zugriff auf mein Onlinekonto haben, den Kontostand checken können, und immer, wenn ich genügend Geld gespart habe, geht ein Gerät kaputt. Es weiß ja, dass es ersetzt werden kann. Das ist zwar sehr rücksichtsvoll, aber dennoch etwas lästig. Auf diese Weise brauchte ich noch eine neue Nähmaschine. Die war 30 Jahre alt, noch nicht online, aber sie muss sich mit meinem Fernseher unterhalten haben. Der hat nämlich WLAN. Außerdem müssen sich die Geräte wohl absprechen, wer als nächstes dran ist. Es gingen nämlich erst einmal die Ältesten kaputt. Der neue Herd steht deshalb wahrscheinlich auf der Warteliste ganz hinten.

Danach war es dann noch die Spülmaschine, die auch schon einige Jahre auf dem Buckelt hatte, die ihren Geist aufgab. Nun habe ich eine neue mit Infrarot innen. Da wird gemessen, wie dreckig das Spülwasser ist und danach dann Wassermenge und Temperatur und Spülgangdauer eingestellt. Und natürlich wird auch mein Kontostand gemessen und gegebenenfalls an die anderen Geräte weiter gegeben.

So ist also mein Erspartes im Laufe der Zeit für neue Geräte drauf gegangen. Eigentlich müsste es jetzt erst einmal gut sein. Aber da ist ja noch der Fernseher, das Telefon, das Smartphone, der Föhn, der Scanner, nicht zu vergessen der Laptop, der Wecker, das computergesteuerte Bewässerungssystem auf meinem Dachgarten und der Warmwasserspeicher im Bad. Es kann also noch einige Zeit dauern, bis Geld für einen Urlaub auf dem Konto ist.

Wenigstens sind nicht alle Geräte auf einmal kaputt gegangen. Dann hätte ich doch einen Kredit aufnehmen müssen.

Ihre Klara

PS: Vielleicht sollte ich mein Erspartes unter der Matratze aufheben. Dann halten die Geräte länger und ich kann endlich in Urlaub fahren. Und ein Banker sagte mir neulich zum Thema Geld sparen: „Bei den derzeitigen Zinsen lieber ausgeben und Spaß haben." Na denn.

Ersatzteile

Seit ich nicht mehr früh morgens, noch im Halbschlaf versunken, zum Broterwerb auflaufen muss, gestalten sich meine frühen Morgenstunden höchst erfreulich. In schrecklicher Erinnerung sind mir die Zeiten, in denen ich als Schülerin beim Frühstück saß und meine Mutter die neuesten Schreckensnachrichten der Welt aus der Zeitung vorlas. Sie erwartete dann auch noch eine Reaktion von mir. Nun bin ich aber keine Lerche sondern eine Nachtigall. Ich kann am Morgen nur auf einfache Fragen mit „Ja" oder „Nein" antworten. Mehr ist von mir bis ungefähr 11 Uhr morgens nicht zu erwarten. Während meiner beruflichen Lebenszeit war dieses morgend-liche Vor-Mich-Hindämmern ein täglicher Dauerzustand. Auch an den Wochenenden blieb ich nicht verschont, weil meine innere Uhr gut funktionierte und bereits um 6 Uhr in der Früh meldete, dass ich nun aufstehen müsse. Trotz dieser morgendlichen Absencen wurde mir nicht gekündigt und ich bekam regelmäßig mein Gehalt. Das lag daran, das ich mir bis ungefähr 12 Uhr mittags eine bedeutungsschwere Miene zugelegt hatte so dass alle dachten, ich sei in tiefschürfende Gedanken versunken, aus denen schon etwas ganz besonderes entstehen würde, während ich eigentlich nur vor mich hindäm-merte. Es entstand natürlich nichts, aber das habe ich nie verraten.

Diese Zeiten sind nun aber, die Göttin sei gelobt, schon seit längerem vorbei. Meine Gesichtsmuskeln begrüßen entspannt den kommenden Tag. Der Wecker klingelt morgens nicht mehr durchdringend, die innere Uhr hat sich abgestellt, und ich blinzele erst in die Runde, wenn es draußen hell ist. Je nach Jahreszeit ist das mal früher oder später. Danach ist das ausgiebige Studium der ers-ten Nachrichten angesagt begleitet von einer Tasse Tee. Die bereitet mir der beste Ehemann von allen all-morgendlich zu. Danach springe ich unter die Dusche und so ab 11 Uhr bin ich, gewärmt und erfrischt, bereit für den Tag. Derart energiegeladen mache ich mich dann erst einmal an die Instandhaltungspflege, die Kon-trolle und das Einsetzen der Ersatzteile. Das ist nicht weiter schlimm, dann dabei muss ich ja nicht reden oder gar nachdenken. Während ich also dank Spotify, dem Musikstreamingsender, über das Smartphone meine

Lieblingsmusik höre, gehe ich der täglichen frühen Routine nach. Ich rede jetzt nicht, wie Sie wohl schon ahnen, von meinem Haus oder gar von meinem Auto. Ich rede von meinem Körper, der nun auch nicht mehr der frischeste und neueste ist. Welche Ersatzteile sich über die Jahre angesammelt haben, verrate ich jedoch nicht. Das ist mir peinlich. Und ich denke mit Schrecken daran, was wäre, wenn ich all diese Reparaturaufgaben um 6 Uhr früh, noch vor mich hindämmernd, erledigen müsste. Die Natur hat das schon ganz gut eingerichtet, dass dies alles erst in späteren Jahren notwendig wird.

Als ich den besten Ehemann von allen kennen lernte, schrieb er in einer seiner ersten Mails. „... die Haare, die Augen, die Zähne...". Messerscharf schloss ich, dass alles an diesem Mann auch nicht mehr ganz frisch war. Jedoch verriet er nicht, was sich bei ihm bereits alles angesammelt hatte, denn auch ihm schien es peinlich zu sein. Die Glatze aber war nun wirklich nicht zu übersehen. Sie störte mich allerdings nicht, denn das Ganze darunter war total in Ordnung. Und auch bei ihm ist über die Jahre ein beträchtliches Ersatzteillager zusammengekommen.

Ich bekam meine ersten Ersatzteile vor nunmehr 52 Jahren. Seitdem lebe ich gut damit und mit den folgenden habe ich deswegen auch nicht gehadert. Es folgten nämlich einige und die waren auch nicht gerade billig. Wer jetzt darauf wartet, dass ich aus dem Nähkästchen plaudere, und doch noch verrate, was sich alles in meinem Ersatzteillager befindet, der wartet jedoch vergebens.

Bisher musste bei mir ja nur äußerlich retuschiert werden. Und somit piept es auch noch nicht, wenn ich am

Flughafen durch die Kontrolle gehe. Voraussichtlich wird sich aber auch das in den nächsten Jahren ändern. Dann muss ich vielleicht sogar ärztliche Begleitschreiben mit mir führen die erklären, was da alles bei mir piept. Und wer weiß schon, was bei all dem derzeitigen Fortschritt zukünftig alles piepen kann. Wenn es denn zu meiner weiteren Instandhaltung beiträgt, soll es mir nur recht sein. Mein Gehirn jedoch hätte ich gerne verschont. Da soll nix piepen.

Ihre Klara
PS: Und wie sieht es mit ihrem Ersatzteillager aus?

Ich kann auch ...

Also, nun wissen wir es: jede*r kann Präsident*in der Vereinigten Staaten werden, ganz ohne politische Erfahrung. Donald Trump, nicht zu verwechseln mit Donald Duck, kann es werden. Ich habe übrigens gehört, dass Trump mit zweitem Vornamen Dagobert heißt. Wenn er ‚Präsident‘ kann, kann ich auch eine herausragende Politikerin werden, die die Welt verändert. Welche Aussichten! Immerhin bin ich noch ein wenig jünger als er, hätte also als Silveragerin gute Chancen.

In Gesprächen mit meiner Freundin Lola waren wir uns schon immer einig, dass wir die Probleme dieses Landes besser lösen könnten als die derzeitige Regierung. Sie würde übrigens Finanzministerin werden. Da hat sie ein gutes Händchen. Auch würde sie mich bei einer Wahl bedingungslos unterstützen. Als Außenministerin würde ich Jutta vorschlagen. Die hat eine absolut ausgleichende Art und kann Menschen für sich gewinnen. Meine Freundin Christiane würde Bildungsministerin werden. Schließlich war sie lange Zeit Lehrerin, ist jetzt im Ruhestand und sehnt sich nach neuen Aufgaben und Herausforderungen. Zu alt, weil sie Rentnerin ist? Nö, eigentlich nicht. Hilary ist älter.

Für die Verteidigungsministerin kann ich guten Gewissens Karla vorschlagen. Die ist nicht auf den Mund gefallen und scheut sich auch nicht, deutliche Worte zu sprechen. Auch Streits geht sie nicht aus dem Wege, ist aber immer um eine diplomatische Lösung bemüht.

Für die anderen Posten würde ich schon auch eine geeignete Frau finden. Da brauche ich aber ein wenig Zeit zum Überlegen. Quotenmänner ließen sich sicher auch für die unbedeutenderen Posten finden.

Ich selbst würde natürlich Kanzlerin.

Mein Ehemann, der beste Ehemann von allen, müsste sich dann als „First Gentleman" ein bisschen üben im Repräsentieren. Da würde ich glatt einen Stylisten engagieren nebst Friseur, Coach, Schauspiellehrer und Modedesigner, damit er mich mit seinem Auftreten zum Glänzen bringt. Er würde das sicher klaglos tun, steht er doch bedingungslos hinter mir. Und er würde auch glühende Reden halten, die mir zum Wahlsieg verhelfen würden. Schließlich ist er immer noch von mir begeistert.

Den Männern dürfte ich gefahrlos zwischen die Beine grabschen. Ob das für mich allerdings ein Vergnügen wäre, wage ich zu bezweifeln. Da müsste ich mal die jüngere Frauengeneration fragen, ob sie dieses wünschen.

Ein Gesetz wegen sexueller Belästigung von Männern durch Frauen wäre sofort abgeschafft. Dass Männer nach wie vor sexuell belästigt werden können, stände natürlich außer Frage. Die verkraften das schon. Schließlich merken sie so, dass die begehrenswert sind. Und das ist doch ein Kompliment, nicht wahr?

Frau Merkel und Frau von der Leyen würde ich zu meinen persönlichen Beraterinnen ernennen. Sie haben die Erfahrung in der Politik, die ich noch nicht habe. Aber frau ist ja lernfähig.

Als Kanzlerin würde ich den Armen im Lande eine Erhöhung der Grundsicherung versprechen, vielleicht sogar ein bedingungsloses Grundeinkommen. Dann hätten wir immerhin die Obdachlosen, die etliche Mitbürger*innen so lästig finden, von der Straße,.

Die Reichen müssten natürlich nix abgeben, schließlich will ich auch von ihnen gewählt werden, und deshalb würde ich das neue Gesetz über die Erbschaftssteuer komplett abschaffen.

In der Bildungspolitik muss etliches grundsätzlich getan werden. Aber das lasse ich noch offen, was ich da plane. Da muss ich noch überlegen.

Auch müsste die Infrastruktur des Landes verbessert werden. Genaueres würde ich ebenfalls nach der Wahl verkünden.

Die Flüchtlinge sind natürlich ein Problem. Als emanzipierte Kanzlerin kann ich Erdogans Säbelgerassel nicht wirklich durchgehen lassen. Folglich wäre es denkbar, dass eine Mauer zur Türkei gebaut wird, damit nicht ungehindert Flüchtlinge ins Land kommen können. Eine Ausnahme werde ich natürlich für die gebildeten und Akademiker*Innen machen. Die dürfen rein.

Und außerdem ist eine Feminisierung der Sprache nun endgültig fällig. Wer noch die männliche Form wie „Ärzte" und „Lehrer" benutzt wird sofort eingesperrt oder in ein islamisches Land ausgewiesen. Gesetzlich akzeptiert wird zukünftig nur noch die weibliche Form.

Trump würde ich natürlich dezidiert ohrfeigen, würde er bei mir ein „Pussy-Grabschen" versuchen. Aber ich glaube, dass ich nicht mehr zu seinem Beuteschema gehöre. Da wäre ich also voraussichtlich sicher vor sexuellen Übergriffen. Sonst müsste ich ihn ja hier ins Gefängnis werfen lassen. Na ja, das gäbe diplomatische Verwicklungen. Wie gut also, das ich für ihn schon zu alt bin.

Ihre Klara

PS: Leider fehlen mir für eine Kandidatur als Kanzlerin die Knete und auch die Kodderschnauze von Trump. Sorry an alle Freundinnen. Ihr werdet doch keine bedeutenden Posten bekommen und wir werden nicht dieses Land gemeinsam verändern können.

In der Hölle

Allmählich komme ich in ein Alter in dem ich mich zunehmend auch damit beschäftige, was mich nach meinem Tod erwartet. Das jedoch kann mir niemand sagen, weil ich keinen kenne, der oder die jemals zurückgekommen ist. Auch die Wiedergeborenen in Indien zum Beispiel können nichts verraten, weil sie sich offensichtlich an ihr vorheriges Leben nicht erinnern. Und Nahtoderlebnisse, von denen so oft berichtet wird, gründen eher auf neuronalen chemischen Prozessen im Gehirn, wie die Wissenschaftler*innen mittlerweile nachweisen können, aber richtig, wirklich, ganz real tot waren diese

Menschen eben auch noch nicht. Also geht es darum, einfach zu glauben.

Die Kirchen- und Tempelfürsten der großen Religionen behaupten genau zu wissen, wie zum Bespiel Frau Käsmann oder auch der Papst, wie das ist nach dem Tod. Aber ich frage mich, wann die denn wirklich mal mit Gott gesprochen und sich erkundigt haben, wie es im Himmel oder auch in der Hölle ist? Woher wissen die das? Und überhaupt: wenn heute jemand in meine Praxis käme und behauptete, er sei der Vertreter Gottes auf Erden, würde ich den doch sofort in die Psychiatrie einweisen lassen. Im Christentum finde ich also keine wirklich belegbare Aussage.

Ich versuche deshalb einmal probehalber mir vorzustellen, ich käme als Muslima, vorausgesetzt ich wäre, wie schon einige meiner Mitbürger*innen, konvertiert, in den arabischen Himmel. Was würde mich da erwarten?

Manche Vertreter des islamischen Glaubens versprechen, dass auf Selbstmordattentäter im Himmel 72 Jungfrauen zu ihrem Vergnügen warten. Und diese Mädels sind dann mit „groß gewachsenen", „schwellenden" oder „wie Pfirsich geformten Brüsten" ausgestattet. Da hätte ich eigentlich gar nichts verloren. Erstens bin ich keine Jungfrau mehr und zweitens gehorchen meine Brüste seit geraumer Zeit eher der Schwerkraft und schwellen tun sie auch nicht. Auch stünde mir als Frau nur EIN Mann zu, mit dem ich zufrieden sein müsste, und die mich umgebenden Männer würden sich mit anderen Frauen vergnügen und mich keines Blickes würdigen. Wozu also der Himmel? Einen Mann habe ich jetzt schon, den besten Ehemann von allen übrigens, und den Rest von Nichtbeachtung kenne ich jetzt auch schon gelegentlich. Danke, das brauche ich in der Ewigkeit nicht auch noch. Und überhaupt, müsste ich dann vielleicht sogar eine Burka tragen? Dieses sackähnliche Gewand, das Körper und Gesicht vollständig verhüllt und nur einen Augenschlitz hat? Oder würde ein Hidschab, das traditionelle Kopftuch, ausreichen? Beim ersteren stelle ich mir vor, dass ich nur noch schwitzen würde, so wie in der Sauna, beim letzteren sähe ich aus wie meine Großmutter als Trümmerfrau nach Kriegsende. Beides sind keine angenehmen Vorstellungen. Kein Wunder, dass bei diesen Aussichten so selten Frauen Selbstmordattentäterinnen werden.

Außerdem kann ich mir vorstellen, dass die Anhänger des Islam, vorzugsweise des IS, ja auch gerne mal unter sich wären. Da würde ich im Himmel nur stören.

Und da ich wegen dieser himmlischen Aussichten nicht bereit bin zu konvertieren, wende ich mich gedanklich der Hölle zu, die uns der IS ja schon auf Erden bereitet und allen Nichtgläubigen verspricht. Ich vermute, da würden mich meine Großeltern erwarten, meine Urgroßeltern, meine Onkels und Tanten, eben die bis dahin verstorbenen Familienmitglieder, die allesamt brave Christen und mitnichten Moslems waren. Und da die Angehörigen meiner elterlichen Familien immer gerne gefeiert haben, würden wir ein großes Fest veranstalten. Da könnte ich mich schon jetzt drauf freuen, auf die Familienparty in der islamischen Hölle.

Ihre Klara

PS: Wie sagte schon Martin Luther: „Kümmere dich nicht um ungelegte Eier". Aber wegen dieser Glosse komme ich bestimmt in die Hölle.

Leitfaden für Flüchtlinge

Lieber Flüchtling,

nun bist du also lebend in Deutschland angekommen. Ich freue mich, dass du unsere bundesdeutsche Gemeinschaft bunter machen möchtest und heiße dich herzlich willkommen. Sicher hast du schon eine Einführung in die Wertekultur unseres Landes bekommen. Darüber hinaus möchte ich dir aber noch weitere Tipps für eine gelungene Integration geben.

- ❖ Auch hier in Deutschland ist die rechte Hand „die gute". Wer mit der linken Hand begrüßt gilt bei uns, wie bei euch auch, als unhöflich.
- ❖ Wir haben andere Toiletten als ihr. Auf die Klobrille darfst du dich nicht drauf hocken. Die überwiegende Mehrzahl der Männer steht auch lieber vor den Toilettenbecken. So demonstrieren sie nach wie vor ihre männliche Überlegenheit und das darfst du dann auch tun. Über das Putzen musst du dir keine Gedanken machen, das erledigen bei uns die Frauen. Auch Hauswände eignen sich zum urinieren. Das macht bei uns sogar ein Adliger, aus dem „Hause Hannover", genannt der „Pinkelprinz".
- ❖ Einen Wasserschlauch wirst du vergeblich suchen. Dafür gibt es bei uns schönes weiches Toilettenpapier, natürlich biologisch korrekt recycelt,

meistens jedenfalls, und gelegentlich mit Babypuderduft versehen. Für unsere Katzentoiletten
gibt es übrigens vergleichbare Katzenstreus
ebenfalls mit Babypuderduft. So duften Menschen und Katzen gleichermaßen vor sich hin,
oben und unten.

❖ Einen Bus kannst du nicht heran winken, damit er
anhält. Hierfür gibt es extra ausgewiesene Halte-
stellen, an denen die Busse halten, damit du ein-
steigen kannst. Sie fahren auch festgelegte Rou-
ten, so dass du immer zielgenau ankommst.

❖ Sexuelle Belästigung ist ein Problem in Deutschland. Ungefähr 50 % aller deutschen Frauen haben damit Erfahrung. Hochrangige Politiker reden
sich gerne damit raus, es sei doch alles „nur
Spaß" gewesen. Im Falle eines Falles bist du also in guter Gesellschaft und wirst Beifall von denjenigen bekommen, die noch „richtige Männer"
sind.

❖ Lass dir nicht einreden, sexuelle Belästigung sei
strafbar. Formen sexueller Belästigung (z.B. Bu-
sengrapschen, Obszönitäten) im öffentlichen
Raum sind nicht strafbar, da in diesen Fällen keine erhebliche sexuelle Handlung vorliegt.

❖ Wenn Menschen dich anstarren, so drückt das
nicht Aggressionen oder Aufforderungen zum
Sex aus. Manche unserer Mitbürger*Innen haben
noch nie Deutschland verlassen oder waren
höchsten in Italien, auf Mallorca, in Griechenland
oder allenfalls in der Türkei. Schwarze Menschen
im Straßenbild sind ihnen also eher unheimlich.

Umgekehrt darfst du natürlich nicht starren denn das wird sehr wohl als aggressiv und bedrohlich erlebt. Lächele lieber um zu zeigen, dass du ihnen nichts tun möchtest und dufte nach Babypuder.

- ❖ Manche Staatsanwälte versuchen, falls keine strafbare sexuelle Belästigung vorliegt, Po- oder Busengrabschen als Beleidigung und somit als strafbar zu werten. Lass dich nicht verunsichern. „Wer einer Frau zum Beispiel an den Hintern fasst weil er ihn knackig findet will die Frau nicht beleidigen". (www.anwalt.de) Du müsstest dich schon wissentlich und willentlich herabsetzend äußern. Im Klartext: Grapschen darfst du, „Schlampe" sagen nicht.

- ❖ Solltest du mit den unterschiedlichen Artikeln in der deutschen Sprache Schwierigkeiten haben, so empfehle ich dir, ins Rheinland zu ziehen. Da liegst mit „dat" anstelle von „der, die das" immer richtig und wirst gut verstanden.

- ❖ Wenn du dich gut eingelebt hast, dann heißt das Integration. Das heißt aber noch lange nicht, dass du dich wie ein Deutscher benehmen darfst. An oberster Stelle der verbotenen Taten steht das Anzünden von Flüchtlingsheimen. Das avanciert zwar mittlerweile fast zu einer Lieblingsbeschäftigung einer bestimmten Gruppe von Deutschen – 150 Mal allein im Jahr 2015 – wird aber nicht so gerne gesehen, wenn du es ihnen nachmachst. Auch gibt es etliche Menschen, die euch gerne auf offener Straße angreifen, beschimpfen, bleidigen oder gar tätlich werden. Auch das darfst du im umgekehrten Falle nicht tun. Ebenso gilt das für das sich sinnlose Betrinken und Herumgrölen bei Fußballspielen. Da halte dich lieber zurück.

Lieber Flüchtling, ich hoffe, dass ich dir mit diesen Hinweisen geholfen habe, dich in unsere Wertegemeinschaft zu integrieren.

Deine Klara

PS: Ausnahmsweise habe ich dem nichts mehr hinzuzufügen.

Straßenmusik

Marketingchef Hans Nolte fordert eine „Aufnahmeprüfung für StraßenmusikantInnen", so las ich in der HAZ vom 6.3.2016. Der Rat der Stadt Hannover will nämlich strengere Vorschriften für Straßenmusik erlassen, und Noltes Antrag ist offensichtlich einer von vielen Vorschlägen, die jetzt diskutiert werden.

Vielleicht gibt es ja eine Umfrage in der Bevölkerung. Ich hätte nämlich auch Einiges vorzuschlagen:

❖ Der Mindestlohn muss auch für Straßenmusikant *Innen gelten. Und bei Bedarf Aufstockung nach Hartz IV durch die Stadtverwaltung. Da werden Arbeitsplätze für Straßenmusikpolitessen geschaffen, die dann aufpassen müssen, dass nicht geschummelt und von dem Geld, ehe es gezählt wurde, schon ein Brötchen gekauft wird.

- ❖ Außerdem fordere ich eine Frauenquote. Frauen in der Straßenmusik gibt es viel zu wenige. Höchsten ein paar SchülerInnen, die zu Hause im Mietshaus nicht üben dürfen, weil sich die Nachbar*innen gestört fühlen. Und musizierende Frauen, vielleicht auch noch in ihrer nationalen Tracht, wären doch ein erfreulicher Anblick.
- ❖ Eine Quote nach Nationen wäre ebenfalls hilfreich. Dann hätten die Flüchtlinge, von denen es ja jetzt so viele gibt, eine Möglichkeit Geld zu verdienen, und wir kämen in den Genuss syrischer oder afghanischer Musik.
- ❖ Nummerierte Plätze werden mit festen Zuweisungen vergeben. Dazu gibt es dann eine Broschüre mit einem Stadtplan, auf dem alle Musizierenden mit Namen und einer Liste ihres Repertoires aufgeführt sind. Ich könnte dann meinen Einkaufsbummel musikalisch planen und beschwingt durch die Stadt tanzen.
- ❖ Die Genehmigungen müssen prozentual nach Genre verteilt werden. Aber eine Befragung der Bevölkerung dazu lehne ich ab. Wahrscheinlich ist dann nämlich die deutsche Volksmusik überproportional vertreten. Das kommt möglicherweise dem Umsatz der Geschäftsleute entgegen, aber mich würde es definitiv aus der Innenstadt vertreiben.
- ❖ Öffentliches Karaoke ist auch eine hervorragende Idee. Bürgerinnen und Bürger Hannovers schmettern aus voller Kehle das Niedersachsenlied, vielleicht sogar im gemischten Chor, wenn

sich mehrere zusammentun. Und Flüchtlinge sind aufgefordert, ihre jeweilige Nationalhymne zu singen. Das ist dann echte Völkerverständigung und Mulitkulti.

❖ Bewohner*innen der Altstadt dürfen kein Veto einlegen gegen das Fiedeln unter ihrem Fenster, schon gar nicht gegen das Geigentrio aus der Gotheschule, das für die armen hungernden Kinder in der dritten Welt sammelt.

❖ Vor musizierenden Gruppen müssen Tanzflächen markiert werden, damit, sozusagen als Ausgleichssport, alle Büromenschen in der Mittagspause ein Tänzchen wagen können. Das ist gut fürs Gehirn, gegen Alsheimer, und fördert bestimmt die Kreativität am Schreibtisch. Deshalb soll das öffentliche Tanzen zu Straßenmusik auch für alle, die den ganzen Tag im Büro sitzen müssen, verpflichtend sein.

❖ Da StraßenmusikantInnen zur Volksgesundheit beitragen, haben sie kostenfreien Zugang zum Gesundheitssystem. Schließlich helfen sie den Krankenkassen, Geld zu sparen.

❖ Arbeitslose Musiker*innen sollen einen Ein-Euro-Job bekommen und das gesammelte Geld zusätzlich behalten dürfen.

❖ Einen Obdachlosenchor muss es auch geben. Ehrenamtliche Chorleiter*innen lassen sich sicher finden, gibt es doch erfahrungsgemäß unzählige Bürger*innen, die sich gerne caritativ betätigen.

❖ Die Aufnahmeprüfung für Straßenmusiker*innen sollte allerdings verboten werden.

Vielleicht fällt Ihnen ja auch noch etwas ein, was Sie der Stadtverwaltung unterbreiten könnten.

Ihre Klara

Ps: Ich bin gespannt, was bei den geplanten „strengeren Vorschriften für Straßenmusik" herauskommt. Nichts Gutes, fürchte ich.

Talkshowsplitter

Landauf landab diskutiert das deutsche Volk über die sogenannte Flüchtlingskrise. Und alle die, die sich rühmen, etwas Wichtiges dazu beitragen zu können, reden sich in den Talkshows die Köpfe heiß. Damit die Nation auch ganz genau weiß, worum es geht, und was zu tun ist.

Ich habe einmal eine Auswahl dieser schlauen Statements aus einer einzigen Talkshow zusammengestellt. Wer was gesagt hat, weiß ich leider nicht mehr. Das ist wahrscheinlich auch egal, ist es doch austauschbar und somit in jeder Talkshow so oder ähnlich wieder zu hören, wie eine Schallplatte mit einem Sprung.

Also:

„Es gibt ein Problem mit der Erwartungsregulation" – Was ist das denn?

„Wir dürfen die Tatsachen nicht unter den Teppich kehren." – Unter welchen denn? Unter meinen bitte nicht.

„Es ist unheimlich komplex." Ach was!

„Die Politik muss endlich handeln." – Na denn mal los.

„Wir sind auf schwankendem Grund." – Vielleicht auf einem deutschen Schiff? Der Klimawandel lässt grüßen.

„Das darf man nicht instrumentalisieren." – Schon gar nicht, wenn die Instrumente fehlen.

„Ich mache mir Sorgen um die Zukunft Europas." – Ooooch! Einmal Mitleid!

„Es ist ja nicht so, dass die freiwillig abhauen." – Na sowas, das hätte ich doch glatt gar nicht gewusst.

„Ich hab' nur das Gefühl, es wird nichts gemacht." – Ein Gefühl also, aha.

„Ich tu mich damit furchtbar schwer." – Oh je, der Arme.

„Wir reden von einer Million Menschen." – Ich weiß, dass wir nicht von Tieren reden.

„Da kommen Ängste durch." – Ja, wo kommen die denn her?

„Wir haben doch seit Monaten etwas Wunderbares erlebt." – Jesus lebt!

„Wenn wir nach Osten gucken sehen wir Menschen, die uns unsere Frauen wegnehmen wollen." – Ne, nich, mich auch? Ich bin doch schon Oma!

„Es ist kein Wunder, wenn man da durchdreht." – Alles klar, alle in die Psychiatrie, in die geschlossene.

„Wir haben ein Helfersyndrom." – Na, das ist ja nun auch therapiebedürftig.

„Wir wollen das Klima retten. Jetzt retten wir Flüchtlinge." – Rettungsphantasien sind ebenfalls therapiebedürftig.

„Migration bedeutet immer auch Konflikt und nicht nur Volkstanz." – Wie wäre es mal mit Schuhplattler?

„Das ist eine Büchse, die hätten wir besser nicht geöffnet." – Oh, und was war drin? Popcorn?

Ist doch spannend, was die klugen Köpfe Deutschlands so von sich geben.

Ihre Klara

PS: Wie wäre es denn mal mit: Zurzeit weiß eigentlich niemand eine praktikable Lösung. Aber lasst den Kopf nicht hängen. Wir schaffen das!

Verständigungsprobleme

Ich reise gerne und viel, am liebsten in entfernte Länder in Asien, in denen ich gelegentlich mit Englisch, Französisch oder Spanisch nicht weiter komme. Da hilft es nur, ein Kauderwelsch Büchlein bei mir zu haben, oder auch ein kleines Heft, in dem ich aufzeichnen kann, was ich möchte. So auch in Thailand, in einer östlichen Provinz, in der Edelsteine gefunden werden. Wir brauchten dringend eine Toilette, das Kauderwelsch Büchlein konnte auch nicht weiterhelfen, weil alle einen lokalen Dialekt sprachen. Also zeichnete ich ein Toilettenbecken und erntete nur verständnisloses Kopfschütteln. Ich versuchte es mehrfach, bis ich die Lösung hatte: In der Gegend gibt es nur „Hock-Klos". Meine diesbezügliche Zeichnung wurde aber auch nicht verstanden. Allmählich meldete sich meine Blase unmissverständlich und ich sah mich schon nach einem Busch um, was sich in einer Stadt etwas schwierig gestaltete. Ein Mitreisender zeichnete kurz entschlossen einen pinkelnden Mann und unter großem Gelächter aller Umstehenden wurde uns endlich eine Toilette gezeigt – ein Hock Klo.
Eine weitere Herausforderung war auch China in den 80er Jahren. Kaum jemand sprach Englisch und es war eine richtige Aufgabe, uns verständlich zu machen. Im-

merhin hatte ich mir das Zeichen für „Damentoilette" 女 eingeprägt, so dass es in dieser Hinsicht keine Probleme gab. Nun trafen wir zwei Chinesinnen, die Deutsch sprachen. Wir fragten sie, wie ich am Bahnhof Fahrkarten im „Hardsleeper" nach Qingdao, ehemals eine deutsche Kolonie mit Namen Tsingtau, kaufen könne. Wir wollten das teure Reisebüro umgehen und die Tickets direkt kaufen. Der „Hardsleeper" im Zug ist die zweite Klasse mit jeweils zwei mal drei Holzpritschen übereinander in einem Abteil. „Da Qingdao, jingwoh piao, erge" lernte ich nun - "nach Qindao zwei Karten im Hardsleeper, bitte" - und mit diesem Satz gingen wir zum Bahnhof. Stolz begab ich mich zum Schalter und bekam zur Antwort „Meio", eines der wenigen Wörter, die wir verstanden. „Haben wir nicht, gibt es nicht, ausverkauft." Schade, aber immerhin hatten sie mich verstanden. Die Tickets kauften wir dann im Reisebüro zu Touristenpreisen.

Fortan prahlte ich in Deutschland mit dem einzigen chinesischen Satz, den ich konnte und beeindruckte alle. Wenn ich allerdings vor Chines*innen damit angab, so sagten sie, dass verständen sie nicht. Hm, schade, war ich doch so stolz.

Nun war ich bei Freundin Beate eingeladen, zusammen mit einer Kolumbianerin, einer Jordanierin und einem Chinesen. Prompt fragte ich Jiao nach diesem Satz. Er bekam einen roten Kopf und meinte, das werde er nicht übersetzen.

10 Minuten dauerte es, bis wir ihn überredet hatten. Jiao sagte, es heiße „Ich möchte nach Qingdao ins Rotlichtviertel". Wahrscheinlich kam auch in dem Satz das „f-Wort" auf Chinesisch vor und Jiao war, wie alle Asiat*In-

nen, zu höflich, das wörtlich zu übersetzen. Jetzt wurde ich rot. Kein Wunder, dass am Bahnhof die Antwort „Meio" war. Jiao sagte den Satz dann noch einmal. Die Wörter, die ich gelernt hatte, waren richtig, nur die Betonung offensichtlich falsch. Ich hörte aber nicht den Unterschied. Immerhin kann ich einen chinesischen Satz sagen, der in China auch verstanden wird. Und in Deutschland weiß ja niemand, was es heißt.

Ihre Klara

PS: Vor Chines*Innen werde ich allerdings mit diesem Satz nicht mehr prahlen

60+ und noch nicht tot

„Wenn du morgens aufwachst und nichts tut weh, dann bist du tot." Jede Frau über 60 kennt diesen Spruch. Und jeden Morgen, wenn ich aufwache, tut nichts weh und ich freue mich, dass ich noch lebe. Jedenfalls war das so bis vor einem guten Jahr. Da taten plötzlich die Unterschenkel weh, wenn ich mit Freundin Erika um den Maschsee lief. Nach 2 Kilometern ließen die Schmerzen nach und ich schloss messerscharf, dass ich etwas für die Beinmuskulatur tun müsse. Also ging ich ins nächste Fitnessstudio. Aber das half nichts. Im Sommer dann, als ich mich, die Arme unter dem Kopf, auf einer Wiese hinlegen wollte, tat die linke Schulter weh. Muskelübungen in diesem Bereich halfen auch nichts.

Ich googelte. Was ich dort las, war nicht besonders beruhigend. Von Kalkschulter war die Rede und von Stoßwellen Therapie – sehr schmerzhaft! – und von Dilatation oder Stents in den Beinen. Der Kardiologe konnte aber nichts finden. Mittlerweile schmerzte auch die Hüfte und ich hatte die Hüft-OPs meiner Mutter vor Augen, die wegen Komplikationen und Keimen an der rechten Hüfte mehrere Male operiert werden musste.

Ein Besuch beim Hausarzt bescherte mir die Überweisung zu einem Orthopäden. Dieser jedoch konnte auch nichts finden und so bekam ich ein Rezept für Physiotherapie bei Herrn S., „der ist sehr gut."

Herr S. ist, wie sich herausstellte, Osteopath. Ich googelte Osteopathie und fand bei Wikipedia: „In Europa werden darunter unterschiedliche befunderhebende und therapeutische Verfahren verstanden, die manuell, also mit den bloßen Händen des Behandlers ausgeführt werden." Klinische Studien für andere Indikationen als Rückenschmerzen seien allerdings nur spärlich vorhanden und nicht aussagekräftig.

Aha! Ich überließ mich trotzdem vertrauensvoll den Händen von Herrn S. Schließlich wollte ich OPs und Stents und Stoßwellentherapie vermeiden. Als erstes stellte er fest, dass mein rechtes Bein kürzer war, als das linke. Herr S. zuppelte an meinen Fingerspitzen herum, legte eine Hand auf die Hüfte, die andere auf den großen Zeh und murmelte dann: „Erledigt!" Und tatsächlich, die Beine waren wieder gleich lang.

In den folgenden Tagen waberten Schmerzen durch den ganzen Körper an Stellen, wo es bislang noch nie wehgetan hatte. Herr S. fand das sehr positiv, bewegte seine Hände über meinen Körper während er die Augen geschlossen hielt und murmelte gelegentlich: „Erledigt".

Nach der dritten Behandlung blieb mir plötzlich die Stimme weg. Ich krächzte und spürte, dass selbst das für meine Stimmbänder eine ungeheure Anstrengung war. Ein Virus, dachte ich. Ich schonte meine Stimme und nach 4 Tagen war alles wieder gut. Herrn S. freute dies, denn nun sei alles oben angekommen. Kein Virus also, sondern Folgen der osteopathischen Behandlung.

Nun aber strahlte ein ziemlich heftiger Schmerz in die linke Schulter. Wieder wanderten die Hände von Herrn S. über meinen Körper. Er legte eine Hand unter den Rücken, die Fingerspitzen auf meinen Bauch, ich musste einatmen, die Luft anhalten, ausatmen und die Fingerspitzen des Herrn S. floppten vom Bauch weg. Der Schmerz in der Schulter war auch weg. Boah ey!

Die Beine tun nun nicht mehr so weh, gelegentlich die Schienbeine und die Hüfte meckert auch nicht mehr. Dafür kam der Schmerz in der Schulter abgemildert einen Tag später wieder.

 Herr S. meint es werde wohl ein halbes Jahr dauern, bis alles wieder im Lot ist. Ich werde berichten.

Ihre Klara

PS: Die gute Nachricht ist: Wenn ich jetzt morgens aufwache weiß ich definitiv, dass ich noch nicht tot bin.

Der Tracker

Kürzlich zeigte mir mein Freund Thomas ganz stolz seinen Tracker. Dieses Teil sieht aus wie eine elegante Uhr, zeigt auf Knopfdruck auch die Zeit an, hat aber noch viele andere Funktionen. Unter anderem zählt es die Schritte, die man am Tage hinter sich bringt, und das viel genauer als ein Smartphone es kann.

Alle meine Freundinnen meinen, dass ich mich viel bewege, weil ich schlanke Beine und Arme habe. Leider stimmt das nicht. Ich bin nämlich eher bewegungsfaul.

Nun muss ich mich aber, je älter ich werde, immer mehr bewegen. Um das zu kontrollieren legte ich mir auch so einen Mini-Computer zu. Immerhin konnte ich jetzt überprüfen, ob ich mich tagsüber genügend bewege. Aber nicht nur das, dieses kleine Wunderwerk, das am Arm getragen werden muss, misst meine Schlafdauer, sagt mir etwas über die Schlafqualität aus, misst den Pulsschlag, zeigt mir die gelaufenen Kilometer an, nur das Gewicht muss ich noch per Hand eintragen. Und alles das wird dann auf mein Smartphone übertragen, sodass ich meine Fortschritte oder Niederlagen über lange Zeiträume verfolgen kann.

10.000 Schritte wurden mir angekündigt als Minimum. Ups, das würde ich ja nie erreichen! Entmutigt wollte ich meinen Plan, meine Bewegungsfreudigkeit oder auch Unlust zu kontrollieren, schon aufgeben. In der Apothekenrundschau las ich dann aber zu meiner Erleichterung, dass es ab dem Alter von 65 Jahren nur noch 7000 Schritte sein müssen. Thomas jedoch, der etliche Jahre jünger als ich ist, musste mindestens 10.000 Schritte vorweisen. 7000 jedoch waren eigentlich zu schaffen. Da bescherte mir mein Alter gegenüber Thomas endlich einmal einen Vorteil. Ich legte also los. Bereits mittags lauerte ich darauf, wie viel Schritte ich schon hinter mich gebracht hatte. Und eines Abends, als mir noch 300 Schritte für mein Tagesziel fehlten, lief ich vor dem Fernseher, während ein Tatort lief, auf und ab, und der beste Ehemann von allen erklärte mich für verrückt.

Irgendwann erklärte mir Thomas, dass wir auch eine Gruppe bilden könnten. So könnten wir unsere Tagesziele vergleichen und versuchen uns mit den Schritten zu überbieten. Da ich 3000 Schritte unter denen von Thomas liegen durfte, ließ ich mich darauf ein. All abendlich schlossen er und ich uns kurz. Nie kam ich jedoch an die Schrittzahl von Thomas heran. Lediglich eines Tages, als ich 18.000 Schritte absolviert hatte, lag Thomas mit schlappen 15.000 ziemlich weit hinter mir. Danach jedoch gewann er immer. Denn nach seinen 15.000 Schritten, die er als ziemliche Blamage erlebte, steigerte er sein Pensum auf 20.000 oder mehr. Eigentlich hätte er danach erheblich schlanker werden müssen, sein Bauch allerdings wuchs. Ich konnte es mir nicht erklären, und er auch nicht.

Eines Abends wollte ich wieder unsere Daten vergleichen und loggte mich im Smartphone ein. 30.000 Schritte standen dort für Thomas. WOW! Das sind ungefähr 21 km. So viel hatte er noch nie geschafft und ich sowieso nicht. Aber dann stutzte ich, sein Puls wurde nämlich nicht angezeigt. Nun ist es so, dass Thomas etwas zwanghaft ist, seinen Tracker regelmäßig jeden Morgen zum Duschen ablegt und auflädt. Ansonsten befindet er sich zuverlässig an seinem Arm. Was also konnte das bedeuten? Ich geriet ein wenig Panik. Ob er dank der 21 km einen Herzinfarkt hatte, tot in seinem Bett lag und niemand das bemerkte? Die schlimmsten Szenarien gingen mir durch den Kopf. Ich rief bei ihm an, aber niemand meldete sich. Plötzlich begann der Tracker wieder, Schritte zu zählen. Von einer Pulsfrequenz jedoch gab es weiterhin keine Spur. Das konnte nur eines bedeuten: bei Thomas wurden gerade Wiederbelebungsversuche gestartet, und die Armbewegungen simulierten seine Schritte. Ich stürzte das Treppenhaus hinunter und klingelte bei Thomas im Nachbarhaus Sturm. Irgendjemand musste ja da sein. Nach 3 Versuchen summte endlich der Öffner und ich hastete die Treppen hinauf. Oben stand Thomas am Treppenabsatz mit einem ziemlich genervten Blick. „Du störst", sagte er. „Ich sehe gerade einen total spannenden Krimi."

Verwirrt schaute ich ihn an. „Geht es dir gut?" fragte ich ihn und trat in den Flur. „Dein Tracker zählt die Schritte, zeigt aber keinen Puls an. Ich dachte schon, du seist tot".

Etwas verlegen deutete Thomas auf seine Standuhr. Ich sah hin und erstarrte. An dem Pendel hing sein Tracker!

Ihre Klara

PS: Ich überlege, ob ich Thomas die Freundschaft kündigen, oder herzhaft lachen soll. Ich glaube, ich entscheide mich für letzteres, und werde ihm diesen Abend immer wieder unter die Nase reiben!

Gruppenreise

Wir flogen nach Marokko, der beste Ehemann von allen und ich und das, ganz entgegen unserer sonstigen Gewohnheit, mit einer Reisegruppe. Eine Woche Rundreise mit Halbpension und eine Woche in einem Hotel mit Pool bei Marrakesch zum Schnäppchenpreis. Schon gleich nach der Ankunft im Bus wurde eine Liste der Reisenden herumgereicht, die ich neugierig studierte. Nun bin ich ja auch nicht mehr die Jüngste, aber zu meiner größten Freude stellte fest, dass ich mit zu den Jüngsten gehörte. „Kaffeefahrt mit Oldies?" Whatsappte eine Freundin. „Lass dir bloß keine Rheumadecke andrehen." Im Laufe der Fahrt wurden uns zwar keine Rheumadecken oder milbenfreie Matratze angeboten, aber wir besuchten die obligatorische Teppichknüpferei, einen Schmuckladen und eine Lederfabrik. Der beste Ehemann von allen war entschlossen, mir zum 14. Hochzeitstag ein Schmuckstück zu kaufen. Ich war gerührt, drohte ihm aber angesichts der astronomischen Preise Prügel an, sollte er seinen Entschluss in die Tat umsetzen. Ob dieser Drohung widerstand er heldenhaft. Aber zurück zur Reisegruppe.

Das letzte Mal, dass ich zu den Jüngsten gehörte, ist 38 Jahre her und so wurde ich doch ein wenig wehmütig ob dieses Gedankens. Als ich zum ersten Mal auf einer Reise gesiezt wurde, fühlte ich mich ziemlich alt, mittlerweile gehöre ich nun schon länger zu den „silveragers". Es fuhren etliche Ehepaare mit uns sowie viele alleinstehende Frauen. Das freute mich ebenfalls. Der beste Ehemann von allen ist nämlich, was socializing betrifft, ein totaler Muffel. Normalerweise muss er deswegen mein Gemeckere und Genöle ertragen, was zuweilen zu handfesten Streits führen kann und die Urlaubslaune auf unter 0 sinken lässt. Nun aber hatte er seine Ruhe und ich Gesellschaft. Wie Sie wissen bin ich ja bekennende Feministin und deshalb haben Frauen bei mir immer einen Extrabonus. Für einige der mitreisenden Frauen musste ich selbigen aber zurücknehmen.

Den 1. Eklat gab es am 2. Tag im Bus. Eine der Reisenden hatte „ihren" Platz mit ihrer Handtasche markiert. Als sie aber nach ihrer letzten gerauchten Zigarette vor der Fahrt in den Bus zurückkam, lag die Handtasche im Netz und eine andere Mitreisende saß auf besagtem Platz. Nun ist es so, dass ich es schon immer gehasst habe, wenn morgens um 6, vor Sonnenaufgang, die Liegen am Pool mit Handtüchern belegt sind, obwohl sie nur 1 Stunde wirklich benutzt werden. Aber einen solchen Sturm der Entrüstung wegen eines entgangenen Platzes im Bus hatte ich noch nicht erlebt. Selbige Dame schimpfte wie ein Rohrspatz laut und lauter und lauter. Sie ließ sich auch von niemandem beschwichtigen. Ich bot ihr und ihrem Ehemann unsere Plätze an und der beste Ehemann von allen und ich zogen in die letzte Sitzreihe. Aber auch das beruhigte die aufgeregte Dame nicht. Sie schimpfte weiter und fand es noch nicht einmal notwendig, sich bei uns wegen des Platztausches zu bedanken. Ich bedauerte den armen Ehemann, der mit eingezogenem Kopf da saß und jämmerlich aussah.

Im Laufe der Zeit lernte ich die anderen Frauen näher kennen. Es waren ausnahmslos geschiedene oder ver- witwete Frauen, fast alle verrentet oder pensioniert, Sachbearbeiterinnen, Lehrerinnen, Therapeutinnen, die fröhlich alleine durch die Welt reisten und ihr Leben ge- nossen. Ich hörte von Reisen in die Türkei, nach Dubai, Südafrika, Zypern und anderen interessanten Reisezie- len.

Nun vertrauen wir Frauen uns ja schnell unsere Lebens- und Leidensgeschichte an, sehr zum Unverständnis des besten Ehemannes von allen. So erzählten wir uns ge- genseitig abends bei einem gemütlichen Glas Rotwein unsere Scheidungskrisen, von denen ausnahmslos jede zu berichten wusste, die mehr oder weniger gut über- standenen Probleme mit den Wechseljahren, die Quäle- reien, das Gewicht im Alter wenigstens zu halten, die Hämorriden- und Schilddrüsenprobleme und die Freuden mit den Enkelkindern. Ich kenne jetzt ihre Schlaf- und Essgewohnheiten und ihre Verdauungsprobleme und sie kennen meine.

Allerdings gab es auch Frauen, die mich zutexteten mit ihren Problemen und, kaum dass sie alles losgeworden waren, sich das nächste Opfer suchten. Da war ich lediglich zur Claqueurin degradiert, an mir als Person bestand gar kein Interesse. So erzählte mir eine Mitreisende, die ihre Falten sorgfältig mit Fett aufgepolstert hatte, dass sie Zucker habe, und dieser an ihrem Übergewicht schuld sei, aber sie habe sich schon für eine Magenverkleinerung im kommenden Jahr angemeldet. Sie würde sich nämlich gerne einmal ähnlich kleiden wie ich. Ob sie allerdings dadurch schöner und selbstbewusster werden würde, bezweifelte ich, hielt aber meinen Mund. Ich dachte an die Fettschürze, die sie sich nach erfolgter Magenverkleinerung und der damit verbundenen Gewichtsabnahme würde weg operieren lassen müssen und die vielen Falten, die ihre überdehnte Haut bilden würde.

Ferner vertraute sie mir an, dass sie nach dem Tod ihrer Schwiegermutter, unter dem und unter der sie sehr gelitten habe, wieder das Rauchen angefangen habe und sie würde gerne wieder aufhören, verschiebe es aber immer wieder aus Angst vor weiterer Gewichtszunahme. Wenn sie sich dann, nachdem sie alles bei mir abgeladen hatte, mit anderen Mitreisenden unterhielt, ließen die Gesprächsfetzen, die zu mir drangen, vermuten, dass sie noch mehr Schauermärchen auf Lager hatte. Ich mied dieses erzählfreudige Wesen fortan.

Eine weitere Mitreisende, Therapeutin, wollte mich ins Vertrauen ziehen, indem sie versuchte, mit mir über eine andere Mitreisende zu lästern. Ich verweigerte mich und von Stund an würdigte sie mich keines Blickes mehr. Dafür, so erfuhr ich später, lästerte sie über mich in Gegenwart von anderen.

Am Ende der Rundfahrt wurden wir auf 2 Hotels aufgeteilt. Eine Gruppe in ein Hotel mit all inclusive, das waren unter anderem die Übergewichtigen, die 2. Gruppe in ein Hotel mit Halbpension oder Frühstück, das waren die Netten.

Ich habe die Sonne genossen, das Essen weniger, und die Abende mit den Frauen waren sehr vergnüglich. Sogar der beste Ehemann von allen gesellte sich zu uns.

Ihre Klara

PS: Fast alle in der Gruppe, so auch wir, hatten Magen-Darm. Deshalb habe ich, leider oder der Göttin sei Dank, kein einziges Fältchen mit ein paar Kilos aufpolstern können.

Political correctness

Seit geraumer Zeit bin ich in der Nachbarschaft über nebenan. de ziemlich aktiv. Unter anderem gibt es Menschen, die Freude am Singen haben und sich regelmäßig bei mir zu Hause treffen. Da singen wir dann die Mundorgel, dem Liederbuch aus früheren Zeiten, hoch und runter und stellen zuweilen fest, dass einige Lieder überhaupt nicht politisch korrekt sind. Es ist nämlich unter anderem mehrfach von Negern und Zigeunern die Rede. Diese Lieder müsste man ja eigentlich umschreiben, da auch Bestrebungen im Gang sind, die Bücher um Pippi Langstrumpf zu redigieren. Denn das Wort Negerkönig geht ja nun gar nicht mehr. Und auch bei Huckleberry Finn sollen die Wörter Neger und Nigger gestrichen bzw. ersetzt werden. Mein Spracherkennungsprogramm am Laptop kennt das Wort Neger schon gar nicht mehr und macht stattdessen Vorschläge wie: mega, nie wieder, und etliches mehr. Leider geht es bei der Diskussion um „political correctness" nie um eine angemessene sprachliche Beachtung von Frauen. Aber dieses Thema ist eine weitere Glosse wert.

Als Bayerns Innenminister Herrmann über Roberto Blanco als wunderbaren Neger sprach, empörte sich die Nation. Neger heißen jetzt nämlich Maximalpigmentierte und Zigeuner werden als mobile ethnische Minderheiten bezeichnet. Aber das sind natürlich nicht die einzigen Wörter, die wir nicht mehr benutzen dürfen.

Dass es nicht mehr Negerkuss heißt, wissen wir ja bereits. Dafür sagen wir jetzt Schaumkuss mit Migrationshintergrund. Dumme sind auf Bildungsebenen Herausgeforderte, Behinderte sind physisch Herausgeforderte, Zwergwüchsige, wie Christine Urspruch, sind vertikal Herausgeforderte.

Spastiker sind Menschen mit Cerebralparese, ein Ghetto ist ein ökonomisch benachteiligtes Gebiet, und Senior*innen in Heimen füttert man nicht mehr, sondern ist ihnen beim Essen behilflich. Der Mohrenkopf, den ich als Kind so gerne gegessen habe, ist nun eine Puddingspeise mit subsaharischem Migrationshintergrund und Schokoüberzug.

Da wundert es schon, dass die Mohren (dieses Wort kennt mein Spracherkennungsprogramm auch nicht mehr und macht daraus „Motoren") bei Machwitz und Sarotti bislang unbehelligt geblieben sind.

Im Rahmen der „political correctness" geht es aber nicht immer nur um Sprache. In den USA, in Kalifornien, so berichtet BBC, gibt es jetzt Workshops in denen man lernen kann, welche Kostüme zu Fasching oder Halloween politisch korrekt sind. Vampire und Skelette sind unproblematisch, aber schon bei Hexen wird es bedenklich. Waren diese Frauen doch eigentlich Heilkundige, die dem Männerwahn zum Opfer fielen und die man durch eine derartige Kostümierung zum zweiten Mal diskriminieren würde. Also raus aus dem Kostümfundus.

Dass das Kostüm eines Selbstmordattentäters mit Sprengstoffgürtel tabu ist, versteht sich von selbst. Aber auch Cowboys, Indianer und Sklaven sind nicht mehr erwünscht. Schließlich soll man andere Kulturen nicht verhöhnen, sondern ihnen Respekt erweisen. In diesem Zusammenhang darf sich auch kein Mädchen mehr als Moana, das Maorimädchen aus dem gleichnamigen Disneyfilm, verkleiden. Die Hautfarbe der Maximalpigmentierten oder Halbmaximalpigmentierten oder Gelbpigmentierten soll nicht Gegenstand einer Belustigung sein. In diesem Sinne darf auch niemand mehr als Chines*in gehen. Und es versteht sich von selbst, dass Kinder keinen Sombrero als Kostümierung tragen dürfen.

Ein Mädchen, das sich als Eiskönigin aus dem Disneyfilm verkleidet, also als Weiße, Nichtpigmentierte, hätte allerdings auch Schwierigkeiten mit ihrem Kostüm. Dadurch wird nämlich das weiße Schönheitsideal kolportiert, und somit die Überlegenheit der weißen Rasse.

Auch als Mahatma Gandhi sollte man nicht gehen, weil der seinen Müll nicht trennte.

Ihre Klara

PS: Die Frage ist jetzt, ob ich zum nächsten Fasching als Donald Duck gehen kann, mit dem Gesicht von Donald Trump, oder ob ich ihn dadurch verhöhne und für die USA ein Einreiseverbot bekomme.

Sag mir was du isst

Früher war es üblich, ganz viele Bücher im Wohnzimmer stehen zu haben. Das zeugte von Bildung, selbst wenn man nicht alle Bücher gelesen hatte. Mittlerweile verstauben meine Bücher im Arbeitszimmer, die meisten habe ich verschenkt oder in den öffentlichen Bücherschrank gestellt, denn schließlich gibt es ja jetzt E-Book-Reader, in denen man ganze Bibliotheken aufbewahren kann. Kürzlich saß ich neben einem jungen Mann im Flieger und hatte eines der letzten Bücher in der Hand, das ich noch lesen wollte, bevor ich es weg gab. Der junge Mann schaute mich etwas mitleidig an, zeigte auf seinen E-Book Reader und sagte mit belehrender Stimme, er habe ja jetzt alle Bücher immer dabei, selbst dicke Wälzer. Oh ja, erwiderte ich. Hat ihr E-Book, so wie meines, auch eine Hintergrundbeleuchtung? Er schaute mich etwas verdattert an. Ach, sagte ich, damit kann man auch nachts ohne Licht lesen. Ist besonders im Flieger, wenn die Nachbarin schlafen will, ganz praktisch. Mein Buch jedoch gab es leider noch nicht im E-pup-Format, aber ich wollte es dringend lesen.

Danach sagte der junge Mann nichts mehr und ich konnte in Ruhe mein analoges Buch lesen.

Bildung wird also nicht mehr, um auf den Anfang zurückzukommen, durch Bücher dargestellt. Dafür gibt es jetzt die grüne Bourgeoisie, nach dem Motto: Du bist was du isst. Die grüne Bourgeoisie sind überwiegend Menschen zwischen 30-50 Jahren (ich gehöre also nicht mehr dazu), meist weiblich, gebildet, und mit hohem Einkommen. Sie werden jetzt von der ‚Free-from-Industrie' bedient. Noch nie gehört? Das sind Lebensmittel frei von Gluten, Laktose, Kohlenhydraten, Fleisch oder Lebensmittel tierischen Ursprungs. Sie sind dementsprechend ausgezeichnet und doppelt so teuer wie normale Kost.

Man/frau demonstriert heute also Bildung über das Essen. Wenn ich eine Einladung gebe, frage ich vorher, wer denn vegetarisch oder vegan essen möchte. Irgendwer ist immer dabei. Manchmal kommen dann auch Gäste, die dem Small-Plate-Movement angehören. Sie picken im Essen herum, ziemlich lustlos, wahrscheinlich weil sie frustriert sind, dass sie nicht ungehemmt zuschlagen können bei dem leckeren 4-Gänge-Menu. Ich habe dann viel zu viel gekocht und bleibe auf den Resten sitzen. Am liebsten sind mir die Omnivoren, auch Flexitarier genannt. Dazu gehören überwiegend Männer jeden Alters, egal ob gebildet oder ungebildet. Die essen alles, von Spanferkel bis hin zu Vegan, sagen immer, dass alles ganz köstlich schmecke und erkundigen sich ausführlich nach meinen Rezepten. Deshalb lade ich sie besonders gerne ein. Wenn Markus fructosegestört ist, schluckt er vorher eine Antihistaminpille und genießt . Thilo aus der Craftbeerbar im Erdgeschoss freut sich immer über alles, was an Essen vom Vortag übrig geblieben ist. Alle anderen oben genannten haben jetzt laut ICD 10 eine Essstörung, die Orthorexia nervosa, bei der die Betroffenen ein krankhaft ausgeprägtes Verlangen nach `gesundem' Essen haben.

Und dann gibt es ja auch noch die Intoleranten. Die haben eine Laktose Unverträglichkeit, müssen Gluten frei essen wegen ihrer Zöliakie, haben eine Fructose – Intoleranz, eine Histamin - Intoleranz und dürfen am besten gar nichts mehr essen, außer vielleicht Kartoffeln, aber ohne Butter und Zucker. Und dann kaufen Sie auch Gluten freies Shampoo, Laktose freien Orangensaft, oder veganen Brokkoli. Damit demonstrieren sie, dass sie achtsam mit ihrem Körper umgehen, nicht alles in sich hineinstopfen, sondern genau überlegen, was sie essen. Selbst die, die alles vertragen, essen Gluten- und Laktose frei, am besten noch low-carb und vegetarisch, weil es ja gesund ist und weil man/frau schließlich achtsam mit dem eigenen Körper umgeht. Du bist was du isst!

Ihre Klara

PS: Neuerdings habe ich auch eine Lebensmittelunverträglichkeit und gehöre dazu, zu den Intoleranten, den Privilegierten. Nach Gerichten, die mit Kokosmilch gekocht sind, bekomme ich immer Durchfall. Und wenigstens eine Unverträglichkeit muss frau ja in diesen Zeiten haben, selbst wenn so eine Kokosmilch - Intoleranz eher in Asien zum Tragen käme.

Ab in die Sonne

Ich brauche viel Sonne. Je wärmer, desto besser. Dann blühe ich auf und werde aktiv. Im Winter hingegen hänge ich im Sessel und mag nicht rausgehen

Ich hasse den Winter. Es ist kalt, es ist feucht, manchmal funktioniert auch meine Heizung nicht so richtig, weil Luft in den Heizkörpern ist, dann brauche ich ewig um alle zu entlüften. Und wenn es dann noch schneit und Schneelawinen vom Dach drohen und vor dem Haus gestreut werden muss – also, das brauche ich wirklich nicht. Deshalb bin ich froh, dass ich, nun unabhängig von den Schulferien, im Winter öfter in die Sonne entfleuchen kann.

Vor dem diesjährigen Sonnenurlaub im Januar brauchte ich dringend einen neuen Badeanzug. Haben Sie schon einmal im Winter einen Badeanzug gekauft? Ich bekam schon eine Gänsehaut, wenn ich nur daran dachte, aber es half ja alles nicht. Ich wollte im Urlaub schließlich in warmen tropischen Gewässern schwimmen gehen. Also ab in die City. Ich solle zu „xy" gehen sagte meine Mutter, da gebe es die besten Bademoden.

„xy" hatte Winterschlussverkauf, leider aber nicht für Bademoden. Ich fluchte, weil ich nicht im Sommerschlussverkauf an einen neuen Badeanzug gedacht hatte. Egal. Ich erklärte der netten Verkäuferin, dass ich in meinem Alter einen Badeanzug brauche, der leicht Figur-formend ist. Sie musterte mich prüfend von oben bis unten, schätzte die Größe ein und meinte, sie habe da „etwas Sportliches". Ich solle schon einmal in die Kabine gehen, sie würde mir eine Auswahl bringen.

Sie kam mit drei Badeanzügen über dem Arm, die sie mir durch den Vorhang in die Kabine reichte.

Etwas lustlos zog ich mich aus. Erst einmal die Jacke und Schal und Mütze. Die Handschuhe hatte ich schon beim Betreten des Geschäfts in die Jackentaschen geschoben. Dann die Daunenweste, der Pullover und das warme Unterhemd. Der Oberkörper fröstelte fortan vor sich hin. Danach kamen die dicken Winterstiefel dran, die Hose, die dicken Socken, die Strumpfhose, die wollene Unterhose und nun fröstelte auch der Unterkörper, da es für mich, nur mit einer leichten Seidenunterhose bekleidet, definitiv zu kalt war. Ach ja, es war ja Winter! Der erste Badeanzug war zu klein, der zweite zu eng. Halb mit dem Vorhang der Kabine schamvoll bedeckt reichte ich die zwei Modelle nach draußen zu der netten Verkäuferin. Der dritte Badeanzug warf Falten am Po.

Sie habe noch andere Modelle zwitscherte die Verkäuferin und verschwand. Mittlerweile hätte ich ein Vermögen für einen Heizstrahler oder ein knisterndes Kaminfeuer bezahlt.

Nach vier weiteren Anproben entschied ich, dass ich keines der Modelle attraktiv fand, geschweige denn, dass es mich attraktiv machte. Außerdem waren mir mehr als hundert Euro für ein Modell, das mir noch nicht einmal einen flachen Bauch formte, definitiv zu viel. Also zog ich alles wieder an, in umgekehrter Reihenfolge, was gefühlt ungefähr mindestens eine viertel Stunde in Anspruch nahm. Ich verlies „xy" und rannte in den nächsten Laden, um der Kälte draußen zu entgehen.

Dort jedoch wurde mir klar, weshalb ich draußen so gefroren hatte. Ich hatte meine Mütze und meinen Schal in der Umkleidekabine vergessen. Also hechtete ich zurück und kam einigermaßen gewärmt an Kopf und Hals wieder in das nasskalte Winterwetter.

Im zweiten Laden musste ich mich wieder ausziehen, verfluchte den Winter und stand fröstelnd in der Kabine, um die nächsten Modelle anzuprobieren.

Sie habe da etwas ganz Elegantes, das von älteren Damen gerne genommen würde, meinte die Verkäuferin und reichte mir ein Modell durch den Vorhang. Anlässlich der „älteren Dame" verschluckte ich mich fast, wollte mich aber auf keine Diskussion einlassen, da mein Körper schon wieder bedrohliche Unterkühlung meldete. Das Modell war nicht schlecht, aber 300 Euro für zwei Falten weniger am Po waren mir dann doch zu viel.

Wieder in der Kälte stürmte ich in das nächste Café und wärmte mich mit Glühwein auf. Mittlerweile waren zwei Stunden vergangen und es wurde dämmerig. Es war ja Winter. Sehnsüchtig dachte ich an mein Fußstövchen zu Hause, auf dem ich mir immer die Füße wärme, entschied mich dann aber doch für einen dritten Versuch.

Im dritten Geschäft war mir schon ziemlich alles egal. Noch einmal alles ausziehen, anprobieren, frieren, keine Lust mehr haben, frustriert und gereizt sein, aber für die tropische Sonne brauchte ich nun einmal einen Badeanzug. Ich nahm dann schließlich einen schlichten schwarzen der keine einzige Falte wegzauberte, aber schwarz macht ja bekanntlich schlank. Der Preis bewegte sich auch im Rahmen. Mittlerweile war es wirklich ganz dunkel und fürchterlich nasskalt. Mit hochgezogenen Schultern schlich ich, etwas erschöpft von dem dreimaligen An- und Ausziehen, durch die Gassen, die nicht still waren, sondern in denen Menschenmengen mit ebenfalls hochgezogenen Schultern dahin eilten. Sicher gab es noch Weihnachtseinkäufe zu machen, aber bestimmt wollte niemand einen Badeanzug kaufen. Ich war froh, als ich wieder zu Hause war und legte mich erst einmal mit einer warmen Decke und einer Wärmflasche aufs Sofa.

Ihre Klara

PS: Drei Tage später kam Freundin Erika mit zwei Badeanzügen, die ihrer Tochter zu eng geworden waren. Sie passten hervorragend und waren nicht schwarz. Nun habe ich drei Modelle zur Auswahl für den kommenden Urlaub.

Reisepläne

Der beste Ehemann von allen und ich verreisen gerne. Allerdings bin eher ich es, die am liebsten ständig unterwegs wäre, vorzugsweise nach Asien, am liebsten nach Indonesien, aber auch gerne nach Nordafrika oder Südafrika, oder auch in andere Länder, die verlockend klingen. Der beste Ehemann von allen kommt mir zuliebe mindestens einmal im Jahr mit. Früher waren wir 5 bis 6 Wochen unterwegs, mittlerweile hat er sich jedoch durchgesetzt und eine Reise mit langer Flugzeit auf 3 Wochen beschränkt. Lieber wären ihm allerdings maximal zwei Wochen. Eigentlich jedoch wäre er am liebsten nur eine Woche unterwegs, und schon gar nicht in ein fernes Land, dass so einen langen Flug benötigt (die letzte Rückreise von Bali dauerte 52 Stunden). Aber mit dem Kompromiss von drei Wochen Reisezeit, den wir ausgehandelt haben, sind wir beide zufrieden. Da es eher meine Reiseleidenschaft ist, mache ich die Planung, bespreche sie auch mit ihm und er schickt sich in alles drein.

Das führt allerdings gelegentlich seinerseits zu einigen Irritationen. Z.B. mache ich einen Plan, wie lange und wohin wir reisen werden. Ich bespreche es auch detailliert mit ihm. Er meint, 5 Tage auf Flores, Indonesien, seien genug, ich aber rechne ihm vor, dass das zeitlich zu knapp ist. Wir erstellen also einen Zeitplan für die Reise nach Bali und Flores, der beste Ehemann von allen schreibt sich auch alles auf, um es dann allerdings am nächsten Tag bereits wieder zu vergessen. Ich bin mir sicher, dass er den Zettel dann verseidelt, weil es ja eher meine Reise ist als seine. Kaum auf Flores angekommen sagt der beste Ehemann von allen mit einem Blick auf den Flugplan, was?, neun Tage wollen wir auf Flores bleiben? Das wusste ich ja gar nicht. Da er bei meinen Plänen nicht aufmerksam genug war, hat er nicht mitbekommen, dass ich ihm 9 Tage Flores aus dem Kreuz geleiert habe. Ebenso, dass wir dreieinhalb Wochen unterwegs sind, weil er die Reisetage zusätzlich zu den 3 Wochen Aufenthalt nicht mit berücksichtigt hat. Und dann grummelt er erst einmal.

Dasselbe passiert dann auch mit diversen anderen Plänen. Ich wollte nach Pejeng, ein kleines Dorf nördlich von Ubud auf Bali, um mich mit jemand zu treffen. Der Treffpunkt war für 10 Uhr verabredet, danach wollte ich noch einen Tempel besichtigen, in dem die älteste und größte Bronzetrommel der Welt hängt. Dies teilte ich dem besten Ehemann von allen mit. Der geplante Treffpunkt verschob sich auf den Nachmittag, so dass ich dem besten Ehemann von allen sage, dass nun Plan B in Aktion trete. Wie?, fragt der beste Ehemann von allen, das wusste ich ja gar nicht, dass du zu dem Tempel willst. Und das schon heute früh. Da wollen wir doch nach Pejeng. Und dann grummelt er vor sich hin. Geduldig erkläre ich ihm also, dass das mein Plan B sei und er mal wieder nicht aufgepasst, dem aber zugestimmt habe. Du hast mal wieder nicht zugehört, ende ich meistens meine Erklärung. Habe ich doch, erwidert er dann, wir wollten heute früh nach Pejeng. Den Rest meines Planes, Plan B, hat er aber wohl bei der Besprechung, weil nicht so wichtig und nicht sein originäres Interesse, ganz nach hinten auf seine analoge Festplatte geschoben oder vielleicht sogar gelöscht.

Also erkläre ich noch einmal, schon etwas genervt, was ich ihm zwei Tage zuvor gesagt habe. Er grummelt weiter. Es dauert ein Weilchen, er grummelt, ich übe mich, ganz gegen meine Natur, in Geduld, erkläre alles drei oder viermal und irgendwann stimmt er dann meinem Plan zu.

Um diese Unstimmigkeiten zu vermeiden könnte ich natürlich sagen, Schatz, kannst du bitte noch einmal wiederholen, was ich gerade gesagt habe?, um sicher zu gehen, dass er alles verlässlich abgespeichert hat. Aber dann würde ich ja riskieren, dass er ein Veto einlegt und das will ich nun doch nicht. Hoffentlich wird er nach dieser Glosse nicht aufmerksamer.

Ihre Klara

PS: Um der Wahrheit die Ehre zu geben schickt sich der Ehemann von allen jedes Mal nach einigem Hin und Her in sein Schicksal, mit einer reisewütigen Frau verheiratet zu sein und kommt bereitwillig ohne weiteres Murren mit. Auch nach Belaraghi, um dort in einer Hütte auf dem Fußboden zu schlafen. Danke mein Schatz.

Straßenfeger und Dokusoaps

Wer von Ihnen erinnert sich denn noch an die sogenannten Straßenfeger? Das waren die Sendungen, bei
denen die Nation gebannt vor dem Fernseher saß und
den Durbridge – Krimi verfolgte, sehr zum Nachteil der
Gastronomen, denn an diesen Abenden blieben Restau-
rants und Kneipen leer. 90 % Einschaltquote, davon
träumen die Fernsehmacher*innen noch heute. Aber es
gab ja damals auch nur einen Sender. Noch nicht einmal
die Endspiele der Fußball WM spielen heutzutage diese
Einschaltquoten noch ein.

Im westdeutschen Fernsehen wurde ab 1960 das
Nachmittagsprogramm zielgruppenorientiert gegliedert.
Montags und donnerstags gab es eine Kinderstunde,
dienstags und freitags eine Jugendstunde und mittwochs
eine Frauenstunde. Nach dem Mittagessen gab es eine
Sendepause und abends den Sendeschluss mit Nationalhymne und Testbild. So wussten alle, wann sie ins
Bett gehen sollen. Die Sendepausen gibt es immer noch,
sie werden jedoch mit Werbung gefüllt.

In den 80ern staunte ich in New York über die vielen
verschiedenen Fernsehsender, die rund um die Uhr
sendeten. Kurz darauf gab es das dann auch in
Deutschland. Und jetzt gibt es die Mediathek in der ich,
nach Rubriken sortiert, die einzelnen Sendungen, ebenfalls rund um die Uhr, ohne Nationalhymne und Testbild,
ansehen kann: Comedy, Geschichte, Nachrichten, Filme, Krimis, Serien, Nachrichten, Verbraucher, Sport,
Gesellschaft, Doku/Wissen und Kultur. Diese Rubriken
gibt es im ZDF, in den privaten Sendern dürfte das An-
gebot eingeschränkter sein, aber ich sehe sowieso nur

Arte und Phoenix. Das muss ich zumindest behaupten, wenn ich als intelligent und intellektuell gelten möchte.

Es gibt nämlich gefühlt nur 4 Rubriken, die täglich auf allen Kanälen gesendet werden und für die ich mich schämen muss, wenn ich sie sähe: Dokusoaps, Quizsendungen, Talkshows und Krimis.

In den Dokusoaps sind die meist gehörten Sätze: ‚Verzeih mir‘ oder ‚Gib mir noch eine Chance‘. oder ‚Ich liebe dich doch‘.

In den Quizsendungen geht es um die unmöglichsten Fragen wie zum Beispiel: ‚Welche Laus läuft nicht nur durch die Haare?‘ Wer weiß denn sowas? (Auflösung am Schluss)

In Talkshows bei Lanz, Plaßberg, Illner, Maischberger oder Christiansen werden die neuesten Filme beziehungsweise Bücher der Celebrities vorgestellt, oder aber die üblichen Verdächtigen aus der Politik mit immer denselben Fragen gequält, wie zum Beispiel: ‚Wie gespalten ist die große Koalition?‘, oder ‚Wird sich die große Koalition spalten?‘, oder, um ein bisschen Abwechslung in die Fragen zu bringen: ‚Finden Sie nicht auch, dass die große Koalition gespalten ist?‘

Nur am Wochenende gibt es noch die Märchenfilme, damit die Kleinen nicht nur den Kika schauen müssen. Da ist aber um 21 Uhr Schluss, weil die Kleinen ins Bett müssen, und Märchenfilme gibt es hauptsächlich vormittags, mit Film- Persönlichkeiten wie Hannelore Hoger oder Mario Adorf oder Matthias Brand oder Heino Ferch oder Uschi Glas, damit Mutti in Ruhe ausschlafen und später kochen kann.

Und dann die Krimis. An einem normalen Wochentag habe ich, alle Kanäle zusammen genommen, insgesamt 32 gezählt. Wer, bitte schön, sieht die alle? Vielleicht immer zwei auf einmal und parallel? Täglich wird (jedenfalls gefühlt) mindestens ein Tatort wiederholt. Der erste wurde 1970 gesendet, mittlerweile gibt es wohl mehr als tausend, und sie spielen überall in der Bundesrepublik. Nur ist es so, dass sie immer härter und brutaler werden müssen. Am besten mit dem Thema Drogenmafia oder Kinderhandel oder Kindesmissbrauch oder auch alles zusammen, mindestens aber etwas Sozialkritisches.

Da lobe ich mir doch die Derrick Folgen. Die spielten fast immer in der Oberschicht, weit weg von meinem Erfahrungshorizont. Die Einrichtung des Hauses war edel, die Frauen meistens in weiß gekleidet, weil das so unschuldig und teuer aussieht. Es gab eine Haushälterin, und/oder einen Gärtner. Es ging um Eifersucht, Geldgier, Erbstreitigkeiten, also so richtig aus dem richtigen Leben gegriffen. Und es gab fast nur Dialoge, ich musste also gar nicht groß schauen. Deshalb sehe ich Derrick auch ganz gerne über YouTube beim Kochen, Malen oder Stricken. Das ist dann fast wie ein Hörspiel.

Die Dialoge gestalten sich relativ einfach nach immer dem gleichen Muster:

Derrick: Tatort gleich Fundort?

Je nachdem war es mal das eine oder andere.

Derrick: Harry hol den Wagen.

Derrick zum ersten Verdächtigen: Wo waren Sie gestern?

Erster Verdächtiger (empört): Fragen sie etwa nach meinem Alibi?

Derrick zum zweiten Verdächtigen: Wo waren Sie gestern?

Zweiter Verdächtiger (gleichfalls empört): Fragen sie etwa nach meinem Alibi?

Derrick zum dritten Verdächtigen: Wo waren sie gestern?

Dritter Verdächtiger (leicht aggressiv): Ich war's nicht.

In der letzten Viertelstunde ist dann der sogenannte Countdown. Für alle vorherigen Verdächtigen stellt sich heraus, dass sie es nicht waren, sondern der Opa, oder der Gärtner, oder der undankbare Stiefsohn. Sie alle haben sich im Verlauf der Handlung bereits latent verdächtig verhalten. Man hätte es also schon wissen können, ist aber dennoch überrascht. Der Krimi endet dann mit dem Satz:

Derrick: Ich verhafte sie wegen des dringenden Verdachts des Mordes an ihrem Ehemann.

Dieser Schluss mag nicht gerade wenige Frauen freuen.

Ihre Klara

PS: Vielleicht schreibe ich auch noch mal ein Krimidrehbuch „Derrick light to go". Scheint ja nicht so schwer zu sein. Und die Auflösung zur Laus (s. Quizsendungen):: Es ist die Laus, die über die Leber läuft.

Ablasshandel

Noch vor gar nicht so langer Zeit fragten die Presse, die Klimafrösche, die gesamte Bundesrepublik bei jeder Hitzewelle, jeder Überschwemmung, jeder nur erdenklichen Unwetterkatastrophe: „Ist das der Klimawandel?"

Mal wurde es bejaht, mal dementiert. Man wisse ja nicht, das hat es schon immer gegeben und gab es nicht auch Eiszeiten und Warmzeiten? Man war sich also nicht einig.

Seit diesem Jahr ist allerdings klar: DAS IST DER KLIMAWANDEL!!!

Ja und wer hat Schuld? Die Dieselautos, die Landwirtschaft, hier vor allem die Kühe, die Kreuzfahrschiffe, der Flugverkehr. Eine Schuldzuschreibung jagt die andere, angefeuert von Greta Thunberg. Dabei wissen wir es schon lange und wer vor 30 Jahren im Erdkundeunterricht aufgepasst hat muss es auch wissen. Schon damals war es ein Pflichtthema im Erdkundeunterricht. CO_2 Ausstoß führt zur Erwärmung des Klimas. Ach, nicht so schlimm, sagten sie damals und machten fröhlich weiter.

Jetzt melden sich sogar Celebrities zu Wort, allen voran derzeit Prinz Harry. Jede Handlung, und sei sie auch noch so klein, mache einen Unterschied, sagt er. Ist das nicht super? So beschloss er zusammen mit seiner Meghan, auf weitere Kinder zu verzichten und es bei dem einen, süßen kleinen Archie zu belassen. Denn jedes zusätzliche Kind verbraucht jährlich 58,6 Tonnen CO_2 im Jahr. Ist das nicht furchtbar? Keine Kinder und das Klima ist fast schon gerettet. So einfach ist das. Ich bin aus dem Schneider sprich aus dem gebärfähigen Alter raus. Und ich habe auch nur eine Tochter.

Aber Frau von der Leyen? Sieben Kinder hat sie. Da kann frau doch gerne mal von „Gebärfreudigkeitsscham" reden, so wie auch von Flugscham.

Aber zurück zu den kleinen Handlungen. Herr Söder outet sich als „Öko", umarmt einen Baum und wartet wöchentlich mit einem neuen Vorschlag zur Rettung des Klimas auf. Zum nächsten Fasching will er als Greta Thunberg gehen und als Wahlgeschenk der CSU wird er in Zukunft Saatgut für eine Blumenwiese verteilen, damit die Bienen sich freuen können. Wow, gleich mehrere kleine Handlungen und das Klima ist fast schon gerettet. Chapeau Herr Söder. Greta Thunberg segelt nach Amerika. Das ist schon eher keine kleine Handlung mehr, sondern eine große. Aber das können sich, wegen der Länge der Zeit, vier Wochen hin und zurück, nur Rentner*innen leisten. Aber die alleine retten das Klima nicht, dann schon eher die vielen kleinen Handlungen.

Auf Fleisch soll möglichst verzichtet werden. Deshalb bieten jetzt die Kreuzfahrtschiffe Reisen für Veganer an. Wenn alle Menschen sich überwiegend vegan ernähren, so wie zum Beispiel die Inder*innen ist das Klima fast schon gerettet.

Ich habe ja eine Photovoltaikanlage auf dem Dach. Schon lange. Damit ist das Klima auch schon fast gerettet. Ich gleiche nämlich damit vieles aus, für das ich mich sonst schämen müsste, und komme so auf eine Null CO_2 Bilanz. Der Holzbrandofen, der Flug nach Bali oder nach Australien – alles ausgeglichen durch die nette Anlage auf dem Dach. Die bringt mir auch noch Geld, so dass ich davon zwei Flugreisen im Jahr finanzieren kann.

Wahrscheinlich wird Harry sich demnächst auch zum Thema Plastik äußern und ebenfalls sagen, dass auch hier kleine Handlungen einen Unterschied machen. Gerätselt wird noch, ob Meghan denn Stoffwindeln benutzt oder doch auf Pampers zurückgreift.

„Jute statt Plastik" forderten vor gut 40 Jahren DIE GRÜNEN. Dies zwar nicht unbedingt aus Klimagründen, aber wenn wir schon damals auf sie gehört hätten, hätten wir jetzt den ganzen Schlamassel mit dem Plastik nicht. Und auch hier geht es, folgt man dem Prinzip von Prinz Harry, um die kleinen Handlungen. Ich zum Beispiel benutze keine Q Tipps. Das habe ich noch nie getan, und wenn ich zusammenrechne, was da über die Jahre alles zusammen gekommen wäre, muss ich kein schlechtes Gewissen haben. Dasselbe gilt übrigens für meinen Verbrauch an Plastikstrohhalmen. Und dann kann ich ja wegen dieser Null Plastikbilanz diese schicke kleine Plastiktasche von Benetton kaufen.

Der beste Ehemann von allen betreibt neuerdings ‚plogging' rund um den Maschsee. Da wird gejoggt und nebenbei der Müll aufgehoben. Laufen und Kniebeugen ersparen somit das Fitnessstudio. Der beste Ehemann von allen ist dann schon mal vom Morgengrauen bis zur Dämmerung auf den Beinen und das lediglich einmal um den Maschsee rum. Deshalb darf er auch beim Einkauf schon mal auf eine Plastiktüte zurückgreifen, wenn er seinen Jutebeutel vergessen hat.

Svenja Schulze kämpft gegen Plastiktüten und sogar der Papst möchte sie verbieten. Julia Klöckner hingegen meint, es gebe keine Alternative zu diesen praktischen Tüten, denn die Ökobilanz sei auch nicht besser durch die Benutzung von Papier wenn es nur einmal benutzt wird. Das stimmt, aber auch sie müsste damals von „Jute statt Plastik" gehört haben. Und wenn flächende-

ckend „Jute statt Plastik" eingeführt wäre, könnten Spür-
hunde, die auf Jutegeruch dressiert sind, Bankräuber
ziemlich sicher aufspüren.

Meine Nachbarin kauft immerhin lose Tomaten. Aber da
es die nur im etwas weiter entfernten Supermarkt gibt,
fährt sie mit dem SUV dorthin. Lose Tomaten gegen
SUV – kann man denn Klimasünden auch mit kleinen
Handlungen gegen den Plastikmüll aufwiegen?

Ihre Klara

PS: Und womit gleichen Sie ihre kleinen Sünden aus?

Über Göttinnen

Der beste Ehemann von allen hat es nicht so mit Hun-
den. Um die macht er einen großen Bogen. Wie gut,
dass ich keinen Hund mein eigen nenne. Sonst hätte
mein Mann mich damals nicht über parship geliked. So
war es eine Fügung, dass ich auch keine Hunde mag
und wir deshalb verheiratet sind. Hunde stinken, wenn
sie nass sind, wollen mich abschlabbern, blicken mich
kuhäugig an, springen an mir hoch, und bellen
schwanzwedelnd, *LAUT*. Letzteres wäre allerdings bei
meiner wachsenden Schwerhörigkeit irgendwann kein
Problem mehr. Aber morgens, wenn ich noch schlaf-
müde vor meiner Tasse Tee sitze, müsste ich schon
Gassi gehen, abends noch einmal. Und was mache ich
dann, wenn ich ins Kino will? Oder sonntags den ganzen
Tag im Schlafanzug verbringen möchte. Oder bei Re-
gen? Ich müsste *IMMER* raus und ich würde es hassen.
Die Hundeversorgung während meiner diversen Urlaube
wäre teuer, wenn nicht sogar problematisch. Katzen hingegen brauchen nur den Menübringdienst der lieben

Freundin und ein Katzen Klo. Dann sind sie glücklich. Na ja fast, denn natürlich vermissen sie mich und legen mir dann eine Maus vor die Tür. Das soll heißen: Komm doch bitte, bitte wieder. Ich bin jedes Mal gerührt. Wie gut also, dass ich niemals auf den Hund gekommen bin, dafür aber auf die Katze. Es wird ja gesagt, dass man entweder Katzen oder Hunde liebt. Ich liebe definitiv Katzen.

Den ersten Kater holte ich, weil ich ihn meiner Tochter schenken wollte. Ich wohnte damals in einer Wohnge-meinschaft und die Kinder meiner Freundin stießen uni-sono Entzückensschreie aus, also behielt ich ihn. Er hieß Mephisto. Für meine Tochter besorgte ich dann eine weitere, die aber hatte Katzen Aids und verstarb ziemlich schnell. Seitdem hasst meine Tochter Katzen, aber einen Hund hat sie auch nicht. Das ist nun Jahr-zehnte her und ein Leben ohne Katze ist mir nicht mehr vorstellbar. Ich liebe sie einfach, obwohl sie schon auch so ihre Eigenheiten haben.

Hunde kommen ja auf Kommando, apportieren und sit-zen schwanzwedelnd erwartungsvoll vor einem, bereit, allem, was ich so von ihnen will, nachzukommen. Nicht so Katzen. Wenn ich sie rufe überlegen sie erst einmal, ob sie Lust haben, sich zu bewegen. Lediglich, wenn ich ein „Leckerli" mit einem bestimmten Tonfall hinzufüge, kommen sie angeflitzt. Auch inspizieren sie gerne den Küchentisch, obwohl sie genau wissen, dass sie das nicht dürfen. Deshalb tun sie es auch nur in meiner Ab-wesenheit. Ebenso warten sie, wenn sie etwas wollen, nicht bescheiden ab sondern verlangen laut krähend ihr Recht. Meine Katze Feline kam immer auf meinen

Schoß, wenn sie Hunger hatte. Seit ich noch Kater Sunny habe, hat sie sich von ihm abgeschaut, dass auch lautes Miauen reicht und sie sich nicht mehr einschleimen muss. Sunny hingegen hat von ihr gelernt, erst einmal Diva mäßig vor der offenen Tür zu warten, sich mehrfach bitten zu lassen, ehe er sich dann bequemt, hinaus zu spazieren, oder auch nicht. Dann wollte er mich nur in Bewegung bringen. Lediglich, wenn er dringend auf Klo muss, flitzt er hinaus.

Vor etlichen Jahren saß mein damaliger Freund vor dem Computer auf einem rückenfreundlichen Sitzball. Unser Kater, es war Velasquez, wollte auf seinen Schoß, verfehlte diesen und krallte sich an dem Sitzball fest. Peng!

Meine ersten Katzen und Kater wurden übrigens nach berühmten Malern und Frauen aus der griechischen Mythologie benannt. Es gab eine Kassandra, eine Isis, einen Caravaggio und besagten Velasquez.

Velasquez ersten Liebesbeweis bekam ich, als er mir eine tote Maus in meinen Hausschuh legte. Ich bemerkte diese erst, als ich an der Spitze der Schuhe auf etwas Weiches stieß und es fiel mir schwer, darob gerührt zu sein und Velasquez zu loben und zu danken.

Ebenso erging es mir mit dem Liebesbeweis meiner Katze Feline. Sie brachte eine Maus mit nach Hause und ließ sie laufen. Anscheinend wollte sie mich erfreuen und zu einer Jagd auf die Maus inspirieren. Das wollte ich aber nicht. Die Maus verkroch sich also hinter dem Geschirrspüler und Feline lauerte stundenlang davor in der Hoffnung, selbige könne sich noch mal zeigen. Aber hinter so einem Geschirrspüler gibt es ja für eine Maus genug zu fressen, sie tauchte deshalb nicht wieder auf und Feline verzog sich frustriert und gelangweilt. Also stellte ich eine Mausefalle auf, so eine zum Totschlagen. Morgens war der Käse weg und die Maus auch. Also startete ich einen neuen Versuch mit einem größeren Stück Käse. Am nächsten Morgen fand ich die Mausefalle ohne Käse dafür samt toter Maus neben mir im Bett. Danke, Feline! Was für ein Liebesbeweis.

Überhaupt die Spülmaschine. Eines Tages, noch auf dem Land wohnend, öffnete ich diese und fand eine Maus darin. Erschrocken schloss ich die Tür, rief Velasquez, aber die Spülmaschine war leer, als ich die Tür wieder öffnete. Es gab da so ein Loch links in der Wand, das war wohl ihr Schlupfloch. Geklettert war sie dann über den Korb für die Teller, um an die Essensreste auf dem Boden der Spülmaschine zu kommen, war erschrocken über den Korb wieder in das Loch verschwunden, als ich die Tür öffnete und wieder schloss. Eine Stunde später war sie wieder da. In einer Spülmaschine gibt es nämlich für Mäuse diverse Leckereien. Dieses Mal war ich schlauer. Ich zog den Korb raus, versperrte so der Maus ihren Rückweg, schloss die Tür und rief Velasquez. Er verspeiste die Maus genüsslich und saß von Stund an tagelang vor der Spülmaschine in der Hoffnung auf eine weitere Beute

Katzen können allerdings auch ziemlich sauer sein. Velasquez weigerte sich beharrlich, das Nassfutter, in dem wir die Wurmtablette versteckt hatten, zu fressen. Offensichtlich war der Geschmack für ihn widerlich. Wir blieben konsequent, es gab kein anderes Futter, Velasquez blieb auch konsequent und fraß nix. Abends dann, wir saßen gemütlich am Kamin, setzte er sich auf die Hausschuhe meines damaligen Freundes, schaute zu uns herüber und pinkelte demonstrativ auf die Hausschuhe. Soviel zum Gefühlsleben von Katzen.

Kürzlich auf dem Dachgarten sprang mir beim Bearbeiten des Komposts eine Maus entgegen. Die hatte wohl Feline angeschleppt und dann draußen laufen gelassen. Sie hat übrigens auch die Angewohnheit, immer dann, wenn ich Gäste habe, eine Maus zu bringen und sie laufen zu lassen. So kann sie sich stolz als beste Mäusefängerin präsentieren. Sie schaut dann alle auch erwartungsvoll an und hofft auf ausgiebige Ahhs und Ohhs und Leckerlis, während meine Gäste leicht entnervt auf den Stühlen stehen.

Jetzt habe ich Sunny. Den Namen hat er zu Recht. Er hat ein sonniges Gemüt, folgt mir wie ein Hündchen, verzieht sich, wenn Feline ihn anfaucht, und miaut jämmerlich, wenn er Hunger hat. Geholt habe ich ihn aus einem Tierheim und hatte so keine Gelegenheit, ihn von Anfang an zu erziehen. Das rächt sich. Kürzlich schenkte mir eine Freundin eine Tafel Schokolade, die ich leichtsinnigerweise auf dem Tisch liegen ließ. Am nächsten Morgen war das Einwickelpapier zerfetzt und die Schokolade weg. Alles, was nur im Entferntesten essbar ist und herumliegt, frisst er. Käse, Wurst, die Packungen werden säuberlich zerrissen und achtlos liegen gelassen, die Reste des Curries aus der Bratpfanne, am liebsten aber Schokolade. Immerhin erzieht er mich so, Küche und Esstisch penibel sauber zu halten. Und kürzlich habe ich gelesen, dass Katzen dies nur tun, wenn sie einmal längere Zeit Hunger leiden mussten. Armer Sunny!

Ein Problem ist es deswegen aber, dass, wenn ich Gäste habe, den Tisch decken und das Essen vorbereiten muss. Es wäre ja peinlich, wenn die Gäste kommen und der bereitgestellte Käseteller, der Nachtisch mit Sahne sowie das Putenfilet zur Hälfte niedergemacht worden wären. Also gibt es an diesen Tagen vorab und schon früher als gewöhnlich Entenbrust in Soße satt. Danach liegt Sunny mit dickem Bauch am Ofen und würdigt all die anderen Leckereien, die so rumstehen, keines Blickes mehr sondern hält ein Nickerchen.

Ihre Klara

PS: Im alten Ägypten waren Katzen Göttinnen. Das haben sie bis heute nicht vergessen.

Wir sind die Sieger

Gewonnen haben sie ja sowieso, alle. Bei den Landtagswahlen in Brandenburg und in Sachsen. Na ja, fast alle. Allen voran die AFD mit ca. 25 % der Stimmen zweitstärkste Kraft. Wir sind die Sieger, sagen sie.

Die restlichen Parteien sabbeln Beruhigungsformeln: Sowohl CDU und SPD lagen knapp über den Umfragewerten. Ministerpräsident Kretschmer, CDU, und Ministerpräsident Woidke, SPD, freuen sich. Das habe an ihrer guten Arbeit gelegen, so die beiden, und deshalb seien sie die Sieger.

Dass sie im Vergleich zur vorherigen Wahl in Sachsen und in Brandenburg dramatisch an Stimmen verloren haben, fällt da gar nicht ins Gewicht. Sie sind die Sieger dank ihrer guten Arbeit, ihrer Leistung. Hm, ich hätte eigentlich gedacht, dass unsere Politiker*iinnen immer gute Arbeit machen, soweit ihnen das möglich ist. Aber offensichtlich ist das nicht selbstverständlich, wenn es so betont werden muss.

Wäre nur in Sachsen gewählt worden, beginge die SPD, als nur fünftstärkste Partei, mit knapp 7,7% der Stimmen, jetzt Harakiri. Aber da gibt es als Ausgleich sozusagen ja noch das Wahlergebnis in Brandenburg mit erfolgreichen 26.2% knapp vor der AFD. Kein Grund zur Sorge also. Es wird gefeiert. *WIR* sind die Sieger. Dasselbe gilt für die CDU, die in Brandenburg mit einem mageren Ergebnis von 15,6 % nur noch drittstärkste Kraft ist. Die läge jetzt im Koma, wäre da nicht Sachsen mit satten 32,1% knapp vor der AFD. Wir sind die Sieger. Die FDP trägt allerdings dieser Tage Trauer, hat sie doch beide Male die 5% Hürde nicht übersprungen. Das kann sie nicht mehr schön reden.

Nimmt man beide Bundesländer zusammen, ergatterte die AFD die meisten absoluten Stimmen. Das ist Honeckers Rache.

Trotzdem ist Herr Biedenkopf, ehemaliger Ministerpräsident von Sachsen, begeistert und Kretschmer findet, dass das „freundliche Sachsen" gewonnen hat. Scholz, SPD, Vizekanzler und Finanzminister, regt sich über das alles nicht auf, aber der regt sich sowieso fast nie auf. Er freut sich auf die nächsten Wochen.

Bundeskanzlerin Merkel ließ sich vorsichtshalber gar nicht blicken, schon gar nicht gab sie ein Statement ab. Aber alle sind sich einig, dass das Flüchtlingsjahr 2015, in dem Deutschland von suspekten Fremden überschwemmt wurde, an den Ergebnissen, die unter den Erwartungen aller Parteien liegen, Schuld ist, und somit Frau Merkel. Aber so ganz laut wird das auch nicht gesagt. Weder CDU noch SPD können der von ihnen gewählten Kanzlerin in den Rücken fallen. Schon gar nicht steht bei diesem desaströsen Ergebnis die Auflösung der GroKo zur Disposition.

Lösungen haben sie alle:
- Mehr Geld für den Osten, den Soli abschaffen.
- Mehr Abschiebungen, bessere Integration.
- Mehr Deutschlandfahnen, weniger Deutschlandfahnen.
- Den Dialog mit der AFD verstärken, den Dialog mit der AFD abbrechen.
- Netter zum Diesel, böser zum Wolf.
- Weniger Klimahysterie, mehr Klimaschutz.
- Mehr Vermögenssteuer, die Reichen entlasten.
- Mehr Polizei, kein Polizeistaat

Und so machen sie sich an die Arbeit:

Die SPD beschäftigt sich mit Organigrammen, nein, nicht mit Origami. Das Zusammenspiel der wichtigsten Führungsspitzen soll geklärt werden.

Bei den Linken, 10% in beiden Bundesländern, wird diskutiert, ob die Parteivorsitzenden abtreten sollen nach dem Motto: „Die Papis haben es versaut".

Bei der FDP tritt der gesamte Landesvorstand zurück.

Lediglich von der AFD hört man: „Weiter so. Wir schaffen das."

Und Frau Merkel schweigt.

Ihre Klara

PS: Die Frauen haben mal wieder alles gerettet. Hätten nur Männer wählen dürfen, wäre die AFD in beiden Bundesländern stärkste Kraft.

Nachtrag vom 3.9.

Der SPIEGEL schreibt über Sachsen:" *In einem Vor-schlagspapier appellieren die CDU Politiker nun erneut an ihre Partei, eine Zusammenarbeit mit der AFD nicht auszuschließen.* "

Corona – die Erste - Corona und die Folgen

Deutschland 11.3.2020. Corona hat Deutschland fest im Griff. Überall in den Nachrichten ist das die Top Meldung und Maßnahmen werden verkündet, um die Infektion zumindest zu verlangsamen, damit die Beatmungsgeräte auf den Intensivstationen für die Alten ausreichen wer-den. Die Enkelinnen und Enkel sollen nicht mehr be-sucht werden, Kinder sollen für ihre alten Eltern einkau-fen gehen und nicht notwendige soziale Kontakt sollen unterbleiben. Fußball Veranstaltungen werden abgesagt, ebenso Konzerte, die Deutschen sollen zu Hause blei-ben.

Und was sagt der gesunde Menschenverstand der Deut-schen zu all diesen Maßnahmen? Wir brauchen Klopa-pier! Und zwar viel! Dieser Wunsch nach ausreichend Klopapier scheint in den menschlichen Genen verankert zu sein. Klopapier ist ein Luxusgut, ein Zeichen des Wohlstands, wird doch in den meisten Ländern Asiens dafür eher die Hand, die linke!, und Wasser verwendet. Also wenn schon die Wirtschaft den Bach runter geht, dann wollen wir doch wenigstens Klopapier haben. Und ohne Klopapier ist ja auch irgendwie doof. Immerhin be-nötigt jeder Deutsche und jede Deutsche 15 – 18 Kilo Klopapier pro Jahr. Bei einem durchschnittlichen Ge-wicht von 125 Gramm pro Rolle macht das ca. 150 bis

160 Rollen im Jahr. Für ein Jahr braucht man also ca. 7 – 8 XL Packungen je Person. Da machen Großeinkäufe schon Sinn, zumal ja auch mit häufigerer Verdauung aufgrund der großen Mengen verkaufter Nudeln gerechnet werden muss.

Bereits 1973, während der Ölkrise, gab es in Japan um Klopapier eine Massenschlägerei (das steht sogar in den japanischen Geschichtsbüchern), bei der eine 83 jährige Frau schwer verletzt wurde.

Aber natürlich gibt es auch noch weitere Gründe für den erhöhten Absatz von Klopapier.

Die Pornoindustrie sowie auch die Prostituierten verzeichnen einen dramatischen Rückgang der Kunden. Sie haben bei der Bundesregierung schon um finanzielle Hilfe gebeten. Und dieser Rückgang der Einnahmen erklärt dann auch, dass überproportional Männer Mengen an Klopapier kaufen.

Der Verkauf von Kondomen ist übrigens auch rückläufig, was den immensen Verbrauch an Klopapier noch einmal untermauert.

Zudem kann man/frau sich davon natürlich auch den Mundschutz basteln und täglich dreimal wechseln. Wenn man dafür 4 Blatt braucht, reicht eine Klopapierrolle mit 200 Blatt für genau 16.666666 Tage. Dafür werden dann noch einmal zusätzlich 22 Rollen für ein Jahr gebraucht.

Die häusliche Toilette ist für den Fall einer Quarantäne ein Rückzugsort, der vermehrt aufgesucht werden würde. Da können dann aus dem Klopapier auch verschiedene Origamifiguren gefaltet werden. Macht noch einmal ein paar Rollen mehr.

Falls es zu übermäßigen Todesfällen kommen sollte, kann das Klopapier ebenfalls gute Dienste leisten. Da die Bestattungsinstitute schon Lieferengpässe bei Särgen aus China melden, kann sich jede und jeder als Mumie beerdigen lassen.

Bestellungen von Bidets als Ersatz für Klopapier laufen ebenfalls ins Leere, weil, Sie raten es schon, es auch hier Lieferengpässe aus China gibt.

Abschließend möchte ich doch noch einen Blick in die Geschichte Bayerns werfen. Dort wurden lange Zeit Blätter zur Po Reinigung verwendet. Man nannte es Arschwurzen.

Ihre Klara

PS: Haben Sie Bäume in der Nähe Ihrer Wohnung? Dann haben Sie kein Problem

Corona – die Zweite - Verschwörungstheorien

In Zeiten von Corona schränken sich direkte Kontakte dramatisch ein, dafür haben wir aber das Internet und das Telefon, um uns auf dem Laufenden zu halten.

Ich telefoniere mit einer guten Freundin, die in Minsk/Belarus aufgewachsen ist. Eigentlich wollte ich sie besuchen, weil ich so etwas wie eine adoptierte Oma für ihren kleinen Sohn bin. Daraus wird nun nichts. Ich gehöre zur Risikogruppe der Älteren und soll mich von den Enkeln fernhalten. Und überhaupt sind touristische Reisen jetzt untersagt.

Wir reden so über dies und das, natürlich auch über Corona, und sie fragt irgendwann: "Wer profitiert eigentlich davon?" Sie sei in Belarus aufgewachsen und da hätten sich alle bei diversen Ereignissen diese Frage gestellt.

Ja, wer profitiert eigentlich davon? Das bringt mich zu der Frage der Verschwörungstheorien.

Eine Verschwörungstheorie geht davon aus, dass es eine Gruppe gibt, die ein Ereignis herbeiführt, um davon zu profitieren.

Das kennen wir ja schon aus der Vergangenheit.

Lady Di wurde auf Befehl der Queen ermordet, weil Dodi Al-Fayed Moslem war. Das passte ihr nicht.

Der Angriff auf das World Trade Center wurde von der CIA veranlasst, damit Amerika gegen Bin Laden vorgehen konnte.

Marylin Monroe wurde vom CIA ermordet, um ihre Affäre mit Kennedy zu vertuschen.

Die Liste könnte ich endlos fortführen.

Jetzt aber zu Corona. Wer profitiert von der Pandemie und der damit verbundenen Hysterie?

Wuhan ist der Ausgangspunkt. Dort ist das Zentrum für das Nationale chinesische Labor für Biosicherheit. Es werden Biostoffe „der höchsten Risikogruppe erforscht, die laut Biostoffverordnung eine schwere Krankheit bei Menschen hervorrufen kann. So auch Corona. Und das wurde dort frei gesetzt.

Jetzt gibt es dafür verschiedene Erklärungen.

Durch das Virus soll vertuscht werden, dass in Wuhan der neue Mobilfunkstandard 5G verfügbar ist. 5G ist es nämlich, der in Wirklichkeit für den dort stattfindenden Zellabbau oder auch grippeähnliche Symptome bei Menschen verantwortlich ist. Außerdem wollen die chinesischen Machthaber dadurch die Weltherrschaft an sich reißen. Sie sind es auch, die mit Corona infizierte Journalisten zu Trump schicken in der Hoffnung, er möge sich anstecken.

China hat auch das Gegenmittel für Corona und verrät das nur nicht. Die Quarantäne in Wuhan war insofern ein Fake, als die Menschen geimpft wurden und die Sterbefälle gar nicht stattfanden. So versuchen sie, den Rest der Menschheit auszurotten indem sie ihre BürgerInnen heilen und den Rest der Welt verrecken lassen. Und auch die Weltwirtschaft wollen sie damit ruinieren, damit sie ein Monopol auf alle Produkte bekommen.

Wer aber profitiert von der Hysterie, die damit einher geht? Diejenigen nämlich, die profitieren, schicken die ganzen Fake News, um die Hysterie am Leben zu erhalten. Jawoll.

Als erster Bill Gates. Der unterstützt nämlich ein Institut in dem ein Corona - Virus - Patent gehalten wird. Er wird an der Pandemie verdienen.

Die Presse profitiert, indem ihre Auflagen in die Höhe schnellen.

Die „neuen Rechten" freuen sich, weil jetzt keine Flüchtlinge mehr ins Land kommen.

Der CDU kommt die Aufregung auch zugute. Niemand kümmert sich derzeit um internes Machtgerangel oder andere Probleme.

Frau Merkel kann jetzt ihre Klimaziele einhalten. Keine Reisen mehr, keine weltweiten Flüge, weniger Autoverkehr, kein CO_2 Ausstoß. Und das gilt auch für alle anderen Länder, besonders für die, die eine Ausgangssperre verhängen. Wie praktisch. Und Greta Thunberg findet das natürlich klasse.

Die Supermärkte der Großkonzerne profitieren von den Hamsterkäufen.

Die Pharmaindustrie bekommt hohe Forschungsgelder zur Verfügung gestellt um einen Impfstoff zu entwickeln, den es in China bereits gibt (s.o.)

Die Apotheken verdienen so viel wie sonst nie.

Die Interneteinkäufe nehmen zu. Vor allem Amazon scheffelt jetzt Geld.

Und ich profitiere, weil meine Wohnung blitzsauber ist, alles unerledigte, auch die Steuererklärung vom Schreibtisch, alle Rechnungen überwiesen, nur die Katzen dürfen nach wie vor raus.

Ihre Klara

PS: Und dann wFünftear da noch der mit Corona infizierte hochansteckende Spitz in Hongkong. Durch diese Fake News sollen alle Hongkong Chinesen motiviert werden, ihre Hunde zu essen, damit Hongkong hundefrei wird.

Corona – die Dritte - Fake News

Unsere „Mutti", Frau Dr. Merkel hat gesagt: „Es ist ernst, sehr ernst sogar. Wir hatten keine Krise dieses Ausmaßes seit dem 2. Weltkrieg". Das stimmt. Leider kursieren immer wieder Fake News in den Medien. Da müsst ihr genau überprüfen, ob das richtig ist.

Deshalb: *DIES IST KEINE FAKE NEWS.* Nehmt diese Nachricht bitte SEHR ERNST.

Also: Meine Freundin Josefine bekam von ihrer Freundin Angie gestern folgende Information:

Der Freund von Angies Freund ist bei der Polizei und hat Zugang zu wichtigen Informationen, die unter Verschluss gehalten werden, damit in der Bevölkerung keine Panik ausbricht. Wie 2015 bei der Befürchtung eines Bombenanschlags in Hannover.

Damals nannte Bundesinnenminister Thomas de Maizière (CDU) nach der Absage des Länderspiels zwischen Deutschland und den Niederlanden, die Absage sei "aus Gründen des Schutzes der Bevölkerung" erfolgt. Und er fügte hinzu: "Ein Teil dieser Antworten würde die Bevölkerung verunsichern."

Deshalb darf der Name von Angies Freund auch nicht genannt werden, weil ihm sonst ein Disziplinarverfahren oder die Kündigung droht, mit Verlust des Anspruches auf seine Pension. Ich nenne ihn deswegen einfach mal Albert. Alberts Schwiegermutter sitzt im Innenministerium für den Bereich öffentliche Sicherheit. Deren Freundin Berta (Name von der Red. geändert) hat Zugang zu Informationen mit höchster Geheimhaltungsstufe. Berta nun hat einen Bericht illegaler weise kopiert. Sie riskiert damit ihre fristlose Kündigung, findet es aber absolut unerlässlich, diese Information an die Bevölkerung zu geben. Die Kopie gab Berta nun an Alberts Schwiegermutter und die wiederum gab sie Albert mit der Bitte um Verschwiegenheit. Der ging aber sehr tapfer zu seinem Chef und fragte, ob die Information stimme. Dieser bestätigte die Information. Insofern ist die Richtigkeit dieser Information gesichert.

Wenn ich sie euch also jetzt mitteile, dann dürft ihr unter keinen Umständen sagen, von wem ihr die Information habt. Ihr gefährdet damit die Arbeitsplätze von Albert, seiner Schwiegermutter und Berta. Teilt es also nicht über die sozialen Netzwerke sondern gebt alles mündlich weiter.

Keiner von denen, die so mutig waren, diese Information weiterzugeben, soll deswegen die Arbeit verlieren. Und wenn diese Information zu früh bekannt wird, drohen Plünderungen, Gewalttätigkeiten, oder sogar Bürgerkrieg. Also bitte gebt diese Info auch nur an Menschen weiter, denen ihr zutraut, dass auch sie das Ganze vertraulich behandeln.

Nun also zu dieser geheimen Information, die ihr bitte alle sehr, sehr ernst nehmen solltet.

Ab morgen soll das Toilettenpapier rationiert werden. Jede und jeder, auch Kleinkinder und Babys, erhalten ab morgen nur jeweils 10 Blatt Toilettenpapier pro Tag. Diese Einschränkung musste beschlossen werden, weil es

offensichtlich in der gesamten EU einen Lieferengpass für Toilettenpapier gibt.

Ihre Klara

PS: Ich habe gerade noch einmal 5 XL Pakete gekauft, aber verratet mich bitte nicht. Leider kann ich davon nichts abgeben. Ich habe Durchfall.

Corona – die Vierte - Not macht erfinderisch

In der jetzigen Situation klagen vor allem die Mütter mit mehreren Kindern, dass sie gar nicht wissen, was sie noch tun können, um ihre Kinder bei Laune zu halten. Immer nur „die Maus" schauen geht ja nun auch nicht. Da gibt es jetzt im Netz nette Bastelanleitungen, wie man das Klo Papier auch verwenden kann. Zum Beispiel: Wir machen es dem Papa nett auf dem Klo, wenn er von der Arbeit nach Hause kommt:

Da kann an den Anfang einer Klopapierrolle ein Schiffchen oder ein Herzchen gefaltet werden. Und das dann mehrfach am Tag oder auch für alle Klopapierrollen, die schon auf Vorrat gekauft wurden. Da sind die lieben Kleinen schon mal eine Weile beschäftigt, um dem Papa eine Freude zu machen. Für die Mama gibt es dann wahlweise die Klopapiertorte, die angemalt oder verziert werden kann, zum Beispiel mit Luftballons. Und weil die Blumengeschäfte geschlossen haben, werden schnell noch ein paar Rosen dazu gebastelt. Das reicht erst einmal für eine Woche, für die nächste gibt es dann weitere Vorschläge. Und für die ganz eifrigen gibt es das Buch ‚Mit Klorollen basteln'. Zu bestellen versandkostenfrei für 1 Euro bei buecher.de. Hier wird geholfen! Die Größeren, für die dieses Basteln total uncool ist, gab es bisher Netflix oder auch YouTube. Diese Streaming Dienste drosseln aber nun aber europaweit ihre Übertragungsrate. Nun müssen die „Youngsters" „Mensch ärgere dich nicht" spielen

Eine andere Not, die erfinderisch machen müsste, für die es aber so schnell keine Hilfe gibt, sind die Situationen für LKW Fahrer auf den bundesdeutschen Raststätten. Der ADAC kritisiert ein neues Konzept der Raststättentoilettenbetreiber, bei dem man nach Einwurf von 70 Cent in den Automaten am Drehkreuz nicht mehr einen Gutschein über 50 Cent erhält, sondern ein Blatt Klopapier. Wer feststellt, dass er mehr Papier benötigt, muss zurück zum Eingang und nochmal 70 Cent einwerfen. Das summiert sich natürlich, wenn man täglich auf deutschen Autobahnen unterwegs ist. Und da frage ich mich, ob dieses Geld vom Arbeitgeber erstattet wird und dann als Geschenk versteuert werden muss, oder ob die Kosten von der Steuer abgesetzt werden können.

Aber es kommt noch schlimmer. Brummifahrer Klaus (Name von der Red. geändert) berichtet, dass viele Toiletten auf Autobahnraststätten wegen der Pandemie geschlossen sind. Findet man doch eine, so ist das Klopapier bereits geklaut, die Seife auch, und in den Spendern von Desinfektionsmitteln ist wegen der Lieferengpässe nichts mehr drin. Klaus musste in die Schweiz und hatte noch 200 Kilometer bis zur Schweizer Grenze zu fahren. Er fand er keine Toilette mehr, die, wenn doch offen, noch einigermaßen hygienisch war. Gaststätten und Kioske waren ebenfalls geschlossen, so dass er auch nicht auf andere Lokalitäten ausweichen konnte. An der Schweizer Grenze war der Zugang zum Zollgebäude gesperrt, erst auf dem ersten Rastplatz nach der Grenze wurde er fündig. Und der Empfänger der Ware verweigerte ihm, ehe er zurück fahren wollte, auch den Zugang zur Toilette. Mit viel Mühe fand er nach 3-stündigem Suchen ein Sanitärgeschäft, das ihm noch eine Urinflasche, gebraucht, verkaufen konnte.

Nun muss man wissen, dass Klaus seit Jahren einen Grundstoff für eine Papierfabrik liefert, die Toilettenpapier herstellt. Wenn Klaus sich jetzt, wegen der unhaltbaren Zustände auf den Toiletten der Raststätten, krankschreiben lässt, bekommt selbige Fabrik keinen Grundstoff für die Herstellung von Klopapier mehr und – schwupps – haben wir einen Lieferengpass.

Ihre Klara

PS: Und dann berichtet der Zukunftsforscher Horxx mit Blick auf die Zukunft von einem Jungen, der mal musste. Am 1.5. 2053 öffnete dieser die letzte Packung Klopapier, die seine Eltern im Jahr 2020 gekauft hatten.

Corona – die Fünfte - Hamsterkäufe

Nun haben wir also die Kontaktbeschränkung. Lediglich zu zweit dürfen wir raus und auch Besuche von FreundInnen sind inakzeptabel, wie unsere „Mutti" so schön sagt. Vorteile hat es schon. Ich konnte in Ruhe eine Freundin treffen, die sonst munter durch die Welt reist und von gemeinsamen Zeiten daheim eher inkompatibel ist, da auch ich viel reise. Das ist nun wohl zumindest für dieses Jahr vorbei. Das Leben entschleunigt sich und wir werden uns wohl dieses Jahr öfter sehen, als in den vergangenen Jahren zusammen.

Nun habe ich zu Hause unendlich viel Zeit, um über Dies und Das nachzudenken, zu sinnieren, zu recherchieren. Zum Beispiel über Hamsterkäufe. Hamsterkäufe, so lese ich bei Wikipedia, sind Kaufvorgänge zum Zwecke der Hortung und können als massenpsychologisches Phänomen auftreten. Das haben wir ja bereits real erfahren, wenn ich an die Unmassen an Klopapier denke, das in den deutschen Haushalten als Jahresvorrat verschwunden ist. Der Begriff Hamsterkauf ist übrigens von einem realen Tier, dem Hamster, abgeleitet, der Vorräte in den Backentaschen hortet, obwohl er keinen Hunger hat.

Die Backentaschen der Menschen sind dementsprechend der Kühlschrank, der Gefrierschrank, der Keller und die Speisekammer. Meine Freundin Ina gesteht, dass sie Essensreste aus dem Kühlschrank niemals wegwirft (brav!), sondern sie in den Mund schiebt, auch wenn sie keinen Hunger hat. Allerdings speichert sie diese Essensreste nicht in ihren Backentaschen.

Hamsterkäufe sind nicht zu verwechseln mit Plünderungen. Plünderung bedeutet im mittelniederdeutschen 'Plunder' und bezeichnet Hausrat und Wäsche. Bei Plünderungen schmeißen einzelne Menschen oder auch Gruppen Fensterscheiben von Läden ein, um dann so viel wie möglich zu stehlen. Bei Hamsterkäufen steht der durchschnittliche deutsche Mann oder auch die deutsche Frau brav an der Kasse und bezahlt, selbst wenn es ein lebenslanger Vorrat an Klopapier ist. Es ist immer noch ein **EINKAUF**.

Hamsterkäufe, berechtigt oder unberechtigt, gab es schon immer. Nach 'Tschernobyl' wurde Milch gehortet, während der Kubakrise alles Mögliche. Die Jüngeren werden sich nicht mehr an die Kubakrise erinnern. Damals, 1962, verlagerte die Sowjetunion Teile ihrer Armee nach Kuba und brachte so ihre Raketen in unmittelbare Distanz zur USA. Die ganze Welt befürchtete einen dritten Weltkrieg. Folglich hamsterte die Nation, standen die Menschen doch noch unter dem Eindruck des zweiten Weltkriegs. Kürzlich fand ich auf dem Dachboden die Überreste des damals getätigten Hamsterkaufs meiner Mutter: 20 Pakete Waschpulver 'Persil', aber kein Klopapier.

Nach dem zweiten Weltkrieg gab es so genannte Hamsterfahrten. Die Bevölkerung fuhr aufs Land, um Schmuck oder diverse Wertgegenstände gegen Wurst, Kartoffeln und andere Lebensmittel einzukaufen. Klopapier war nicht dabei, dafür benutzte man die Zeitung. Allerdings klagte heute eine Frau bei Rossmann, angesichts leerer Regale, dass sie von der Druckerschwärze der Zeitung einen schwarzen Po bekomme.

2012 stellte Bundesinnenminister Thomas de Maizière einen Plan zur zivilen Selbstversorgung vor. An Corona hat er damals noch nicht gedacht, aber vielleicht an andere Katastrophen, die uns heimsuchen könnten. Vulkanausbrüche zum Beispiel, Erdbeben, Waldbrände, Moorbrände oder auch Tsunamis. Man solle eben im Falle der Katastrophe in der Lage sein, sich einige Tage selbst zu versorgen, am besten einen Vorrat für 14 Tage anlegen. Hätte sich die deutsche Bevölkerung diesen Appell zu Herzen genommen, müsste sie jetzt nicht hamstern.

Ich habe mir diese Liste einmal angesehen. Unter anderem findet sich da ein Grill für den Fall eines Stromausfalls. Den hat ja nun fast jede und jeder, und sei es einer für den Balkon. Aber haben Sie auch eine Campingtoilette für den Fall, dass das Wasser für einige Zeit ausfallen sollte? Und darf man da Klopapier reinwerfen?

Eine Dose Cola, ein Schokoriegel und Brennmaterial sollten auch in dem Vorrat vorhanden sein. Zuerst muss der Boden der Dose mithilfe von Schokolade glänzend poliert werden, damit er zum Parabolspiegel wird. Der konzentriert dann den Sonnenstrahl auf das Brennmaterial und – zack - kann gegrillt werden.

Grundnahrungsmittel sind ebenfalls in der Liste aufgeführt, pro Person für 14 Tage 4,9 Kilogramm an Nudeln, Reis und Kartoffeln. Da kommt für eine fünf-köpfige Familie schon Einiges zusammen, und – ratzfatz – sind die

Nudelregale leer. Es wird allerdings darauf hingewiesen, dass es schwierig ist, Nudeln, Reis und Kartoffeln zuzubereiten, wenn das Trinkwasser ausgeht. Dann sitzt man auf einem Berg von Spaghetti und kann sie nicht essen. Es soll Verschwörungstheoretiker geben die behaupten, das Trinkwasser sei von den Chinesen weltweit mit Coronaviren verseucht worden. Da kann man sich eigentlich für den Fall der Wasserknappheit nur noch eine zweite „Hamsterbacke", nämlich einen zweiten Gefrierschrank, kaufen und die fertig gekochten Nudeln dort einfrieren. Allerdings ist dann alles hin, wenn es einen Stromausfall geben sollte. Es ist also gar nicht so einfach, sich sachgerecht zu bevorraten. Aus den USA wird berichtet, dass die Menschen dort für den Fall eines Stromausfalls Glühbirnen horten.

Ich durchstöbere die Liste weiter und stoße zu meiner großen Freude auch auf Wein. Davon sollen wir auch einen Vorrat anlegen, wobei nichts über die Menge pro Tag und pro Person gesagt ist. Wein habe ich, ich gestehe es etwas verschämt, vor einer Woche gehamstert, und nicht nur für 14 Tage. Man weiß ja nie. Bisher sind die Weinregale gut gefüllt. Aber wenn es nicht genügend Erntehelfer bei der Weinlese geben sollte, so wie jetzt bei den Spargelbauern und –bäuerinnen, könnte es im kommenden Jahr knapp werden. Und mit dem Weinvorrat bin ich dem Appell des Bundesinnenministers wenigstens in Teilen gefolgt und auf der sicheren Seite.

Ihre Klara

PS: Mittlerweile soll es auch Hamsterfahrten in die dünner besiedelten Gebiete Deutschlands geben, weil die

Supermärkte dort, wegen der geringeren Kundschaft, noch Klopapier und Nudeln haben.

Corona – die Sechste - Care Pakete

Viele der älteren Mitbürgerinnen und Mitbürger werden sich noch an die Care Pakete aus Amerika nach dem zweiten Weltkrieg erinnern.

CARE-Pakete waren Nahrungsmittelpakete, die nach dem Ende des Zweiten Weltkrieges im Rahmen von amerikanischen Hilfsprogrammen nach Europa geschickt wurden. 100 Millionen CARE-Pakete wurden in Europa verteilt. Fast zehn Millionen Pakete erreichten zwischen 1946 und 1960 Westdeutschland .

Eine Zeitzeugin berichtet: *„Den Augenblick, als wir das erste CARE-Paket öffneten, werde ich nie vergessen. Es war nicht nur wie eine riesige, völlig unerwartete Weihnachtsbescherung, sondern ein Blick in eine ‚normale‘ Welt, die wir ganz vergessen hatten. Jahrelang entbehrte Genüsse wie Bohnenkaffee oder Schokolade, aber auch Grundnahrungsmittel wie Zucker, Ei- und Milchpulver.“*

(https://www.care.de/ueber-uns/unsere-geschichte#c2633)

Auch schickten wir zu Weihnachten Care Pakete an unsere ‚Brüder und Schwestern in der Zone‘ mit echtem Bohnenkaffee und ‚guter‘ Schokolade.

Nun wird wieder Hilfe benötigt, nicht wegen eines Krieges, sondern wegen Corona. Beatmungsgeräte und Atemschutzmasken werden in Europa verschickt, um einander zu helfen. Care Pakete in Zeiten der globalisierten Pandemie

Über ‚nebenan.de' erreichen mich auch Hilferufe unter anderem für ein Päckchen Trockenhefe oder auch eine Rolle Klopapier. Da der Hilferuf aus der Südstadt kam brauchte es kein Paket.

Die Tochter meiner Freundin hatte kein Klopapier mehr und meine Freundin suchte hektisch die ganze Südstadt Hannovers nach selbigem ab.

Auch meine Tochter im Süden der Republik schickte einen Hilferuf. Es sei kein Klopapier zu bekommen, sie habe schon Waschlappen bereit gelegt. Nun fuhr **ich** hektisch durch die Südstadt. Klopapier gibt es erst in zwei Tagen abends. Ich ergatterte aber zwei Pakete Tempotaschentücher, 1 Paket mit Küchenrollen, 2 Pakete Feuchttücher und ein Paket Papierservietten. Ein Care Paket der etwas anderen Art, das aber sicher auch Freude auslösen wird.

Das erinnert mich an die Lebensmittelkarten während des Zweiten Weltkriegs.

Eine Zeitzeugin: *„Mit Beginn des 2. Weitkriegs bekamen alle deutschen Volksgenossen (so wurden wir damals genannt) eine Lebensmittelkarte Die Lebensmittelkarte wurde immer für einen Monat ausgegeben und zwar für jedes Familienmitglied eine einzelne Karte."*

(http://seniorenbuerohamburg.de/zeitzeugenboerse/ themen/krieg-kriegsende-1939-1945/lebensmittelkarte-1939-1945)

Jetzt warte ich darauf, dass es Klopapiermarken für die Bevölkerung gibt. Spannend wird es sein, wieviel wir im Monat dann verbrauchen dürfen.

Ein weiterer Hilferuf ganz anderer Art erreichte mich gestern. Eine ältere Freundin rief an und berichtete, dass sie jetzt, da zur Risikogruppe gehörig alleine zu Hause, mit ihrer Katze und ihren Pflanzen rede. Ob sie jetzt verrückt würde. Ich recherchierte und fand eine Empfehlung der Schweizerischen Gesellschaft für Psychiatrie und Psychotherapie:

„Liebe Mitbürger/innen,
dass Sie in der Quarantäne mit Ihren Tieren, Pflanzen oder Haushaltsgeräten reden ist völlig NORMAL. Deswegen müssen Sie sich nicht bei uns melden. Eine fachliche Hilfe sollten Sie erst aufsuchen, wenn diese Ihnen anfangen zu antworten.
Besten Dank
Ihre überlasteten Psychiater und Psychotherapeuten.“

Ich rede zwar nicht mit meinen Haushaltsgeräten aber schon immer mit meinen Pflanzen, weil sie dann besser wachsen. Und mit meinen Katzen verstehe ich mich auch. Wenn sie erwartungsvoll vor dem leeren Futternapf sitzen dann sagen sie mir: Gib uns endlich was zu fressen.

Ihre Klara

PS: Und mit wem oder was reden Sie?

Corona – die Siebte - Das Problem mit der Wohnung

Im Zuge der Corona Krise erreichen mich viele verzweifelte Anrufe von Menschen, die eine Wohnung suchen. Dazu würde ich gerne ein Interview führen. Zuvor muss ich aus Datenschutzgründen die Sicherheitseinstellungen von Skype erst einmal überprüfen. Das kostet mich einen halben Tag, aber dann ist es geschafft. Ich schalte einen, nun datengeschützten, Videoanruf mit Herrn W., der auf dem Bildschirm sehr verzweifelt wirkt.

K: Herr W., ich danke Ihnen für Ihre Bereitschaft, für dieses Interview zu Verfügung zu stehen.

W: Sehr gerne.

K: Sie suchen verzweifelt eine neue Wohnung. Dabei können Sie doch gar nicht gekündigt werden, zumindest derzeit nicht, und auch die Miete müssen Sie nicht bezahlen, wenn es bei Ihnen knapp wird. Wie viele Zimmer haben Sie denn?

W: Wir haben drei Zimmer. Wohnzimmer, Schlafzimmer und Kinderzimmer.

K: Aha, und wieviel Familienmitglieder leben in dieser Wohnung?

W: Ich, meine Frau und unser neugeborenes Baby.

K: Herzlichen Glückwunsch. Was ist es denn?

W: Ein Mädchen. 3 Monate alt. Sie ist ein richtiger Sonnenschein und bringt uns in diesen schrecklichen Zeiten noch gelegentlich zum Lachen. Sie versteht ja gottseidank noch nichts von diesen bedrohlichen Zuständen.

(Jetzt hat Herr W. Tränen in den Augen, die er sich verschämt mit seinem Jackenärmel abwischt.)

K: Da gibt es doch aber keinen wirklichen Grund, zu verzweifeln. Ihre kleine Tochter ist die Hoffnung auf die Zukunft für unsere Gesellschaft. Haben sie denn große Angst vor Ansteckung mit Corona?

W: Nein, nicht wirklich. Wir wissen ja, wie wir uns schützen können. Händewaschen und möglichst zu Hause bleiben.

K: Wo ist dann das Problem?

W: Meine Frau ist eine hervorragende, supergute, fürsorgliche Mutter. Sie hat natürlich Angst um unser Baby. Deshalb hat sie, und ich muss sagen, dass ich sie dafür bewundere, Toilettenpapier, Windeln, Küchenrollen, Seife, Sterilium, Handcreme, Creme für den empfindlichen Popo unserer Tochter in ausreichenden Mengen gekauft. Da kam schon so einiges zusammen.

K: Verstehe. Das war sicher sehr vorausschauend.

W: Ja, und ich bin auch dankbar, dass ich mit dieser großartigen Frau und Mutter verheiratet bin.

K: Da wird sich ihre Frau sicher über dieses Lob freuen. Aber ich verstehe immer noch nicht, was ihr Problem ist. Sie sind doch gut aufgestellt.

(Jetzt fängt Herr W. an zu weinen und spricht unterbrochen von heftigen Schluchzern weiter)

W: Das schon, aber zusätzlich zu den Einkäufen meiner Frau habe ich mich mit der Versorgung mit Medikamenten beschäftigt. Es kamen große Mengen an Cloroquin, Azithromycin und Paracetamol zusammen, die ich in verschiedenen Apotheken gekauft habe. Glücklicherweise, denn kurz darauf wurden diese Medikamente nur noch kontingentiert abgegeben, weil zuvor die Apotheken diese Medikamente gehamstert haben. Der Impfstoff gegen Pneumokokken für unsere Tochter war zum Beispiel schon nicht mehr zu bekommen.

(Jetzt bricht Herr W. in hemmungsloses Weinen aus und wir machen eine 5 minütige Pause. Frau W. bringt ihrem Mann einen Tee und er schaut sie dankbar unter Tränen an)

K: Die Impfung gegen Lungenentzündung ist natürlich wichtig. Aber weshalb Cloroquin und Azithromycin? Cloroquin ist ja ein altes Mittel gegen Malaria mit nicht unerheblichen Nebenwirkungen.

W: Cloroquin ist in der Tat ein altes Mittel gegen Malaria. Jetzt hat man aber festgestellt, dass es auch in Verbindung mit Azithromycin wirksam gegen Corona ist. In Kalifornien stehen die Menschen bereits Schlange, um sich impfen zu lassen.

K: Sie sind ja hervorragend informiert. Woher haben Sie denn Ihr Wissen.

W: Aus dem Internet natürlich. DocCheck, Medizinwissen, Medipedia, Medizinstudium online, und vieles mehr Ich habe ja jetzt viel Zeit.

K: Haben Sie schon einmal darüber nachgedacht, sich auf der Seite der Charité oder des Robert-Koch-Instituts zu informieren.

W: Vergessen Sie es. Die behalten dieses Wissen doch für sich, damit Sie sich selbst schützen können. Nicht umsonst sind Herr Drosten und Herr Wieler noch nicht infiziert, obwohl sie ständig Kontakt zu diesen äußerst gefährlichen Viren haben.

K: (Ich bin jetzt doch etwas genervt und versuche zum Ende des Interviews zu kommen.) Herr W., Ihre Sorgen kann ich gut verstehen und Sie haben mein ganzes Mitgefühl. Jetzt nun aber doch zu Ihrem eigentlichen Problem. Weshalb suchen Sie denn nun derart verzweifelt eine neue Wohnung?

(Herr W. wird jetzt ganz lebhaft.)

W: Das ist doch offensichtlich. Die ganzen Einkäufe belegen jetzt unser Kinderzimmer bis zur Decke. Wir bekommen kaum noch die Tür auf und es gibt nur einen kleinen Gang zwischen den ganzen Sachen. Das

Schlafzimmer ist mit meinem Homeoffice belegt. Aber arbeiten Sie mal, wenn nebenan das Baby schreit und die Frau aus Angst vor Ansteckung mit dem Kind nicht spazieren geht. Meine Frau und ich schlafen jetzt auf der Schlafcouch im Wohnzimmer, daneben steht diese wunderschöne Wiege unserer Tochter und so ist nur noch wenig Platz im Wohnzimmer. Es gibt doch eine Sendung im Fernsehen „Wir helfen". Die hilft Menschen in großer Not. Können Sie mich nicht dahin vermitteln? Vielleicht bekomme ich darüber eine 5-Zimmerwohnung. Das wäre eine große Erleichterung. Dann hätten wir noch ein Zimmer frei für Lebensmittelvorräte. Da ist es nämlich gerade ziemlich knapp bei uns. Die Küche ist zwar voll mit Nudeln, Kartoffeln, Dosengemüse, Breigläschen und Reis, aber auch da ist jetzt nur noch gerade genug Platz, um zu kochen.

K: Herr W., ich danke Ihnen für dieses Gespräch und wünsche Ihnen viel Kraft für die kommenden schwierigen Zeiten.

Ihre Klara

PS: Ich weise ausdrücklich darauf hin, dass die Hinweise von Herrn W. zu den Medikamenten von renommierten Ärzten und dem Virologen Drosten NICHT BESTÄTIGT werden. Bleiben Sie gesund

Corona – die Achte - Die Vorteile der Krise

„Bitte nicht noch eine Glosse über Klopapier", mahnt mich eine Freundin. Nö, sage ich, der Gag ist ausgelutscht. Außerdem werden jetzt Hamsterkäufe eher für Beatmungsgeräte, Atemmasken und Schutzanzüge getätigt. Und da möchte ich keine Witze drüber machen.

So sitze ich also seit einer Woche in meiner Wohnung und weitere drei stehen mir noch bevor. Meine Katzen freuen sich darüber. Ich bin nämlich jederzeit bereit, sie auf die Straße zu lassen, wenn sie möchten. Und sie wollen oft. Sie genießen die wenigen Menschen auf der Straße und vor allem die wenigen Autos. Sie liegen vorm Haus und beobachten alles und jede und jeden und holen sich gelegentlich ein Mäuschen aus dem gegenüberliegenden Garten. Und ich habe jetzt Zeit, am offenen Fenster zu hängen, das Kopfkissen auf der Fensterbank, und sie zu beobachten. Da bekomme ich dann auch gleich frische Luft. Und wehe, jemand hält nicht den Mindestabstand von zwei Metern zu den Katzen ein. Der oder die bekommt mit meiner Zwille eine Erbse an den Kopf geschossen. Schließlich sollen die Katzen nicht an Corona sterben.

Ansonsten ist es doch nett, mal einfach zu Hause zu bleiben und nicht rumzuhetzen. Nun habe ich einen guten Grund im Bademantel auf dem Sofa zu lümmeln und alle verfügbaren Sendungen der Lindenstraße zu schauen. Niemand bekommt das mit und ich rette damit Leben. Auch kann ich ungehindert Knoblauch essen, das riecht ja niemand. Und meine derzeit schlecht sitzenden Haare wegen der geschlossenen Friseurgeschäfte sieht auch niemand.

Meine Freundin freut sich darüber, dass sie nun nicht jeden Sonntag gemeinsam mit ihrem Mann zum Kaffeetrinken bei ihrer Schwiegermutter auflaufen muss. Ich bekam bislang jeden Montag einen ausführlichen Bericht über diese unerquicklichen Treffen. Schwiegermutters „Mausebär" bekam immer seinen Lieblingskuchen serviert und die Freundin trafen allzu oft tadelnde Blicke, wenn der „Mausebär" schlecht aussah, das Hemd nicht ordentlich gebügelt war oder die Frage nach eventuellen Enkelkindern verneint wurde.

Ich kann später meinem Enkelsohn erzählen, wie ich durch Nichtstun und auf dem Sofa Rumlümmeln Deutschland vor der Seuche und somit Leben gerettet habe. Da wird er mich dann ehrfürchtig anschauen und sagen: " Oma, erzähl doch noch mal, wie das damals war, als ihr die Seuche hattet." Genauso wie wir unsere Großeltern gefragt haben: „Opa, erzähl doch mal von damals, vom Krieg oder so."

Zeit habe ich jetzt auch darüber nachzudenken und zu recherchieren, ob es „der" Virus oder „das" Virus heißt. Ich habe diese Frage heiß mit dem besten Ehemann von allen diskutiert. Er votierte für „das", denn das sei wissenschaftlich korrekt. Mit dem Artikel „das" würde ich mich als intellektuell outen. Hm, habe ich das nötig? Ich bevorzuge nämlich „die" Virus und oute mich damit als Altfeministin.

Diejenigen, die wissen wollen, wo das Virus nun eigentlich herkommt, sollten sich ob dieser rassistischen Frage auf das heftigste schämen. Schließlich sind wir alle bemüht, Migranten zu integrieren und sie in Deutschland willkommen zu heißen. Selbst Trump musste sich entschuldigen, weil er Corona das "chinesische Virus" nannte. Kurz drauf nahm er diese verbale Entgleisung zurück und nannte alle Menschen in Amerika mit asiatischen Wurzeln „großartige Menschen". Und er war denn auch bei der Begrüßung des Virus ziemlich freundlich und hat ihm keinen großen Schaden zugetraut. Corona stamme ja von diesen großartigen Menschen mit asiatischen Wurzeln. So muss er nun auch Corona als den großartigen Virus mit chinesischen Wurzeln in Amerika begrüßen. Und damit hat er Erfolg. So viele Corona Infizierte wie in Amerika gibt es sonst nirgendwo auf der Welt.

Ältere Frauen freuen sich jetzt über die Atemschutzmasken. So können die Fältchen um den Mund und das Doppelkinn versteckt werden und die Augen mittels Makeup zu „smoky eyes" werden. Und die Diskussion über die Verschleierung der Muslimas hat sich damit auch erledigt. So wirkt Corona auch noch auf ganz andere Weise integrierend.

Ihre Klara

PS: Und was freut sie an der Krise?

Corona – die Neunte - Ein Blick in die Zukunft: Die Neujahrsansprache der Kanzlerin 2020

Liebe Mitbürgerinnen und Mitbürger,

heute Abend stehen wir nicht nur am Beginn eines neuen Jahres sondern auch einer neuen Zeit. Ich bin überzeugt, wir haben gute Gründe zuversichtlich zu sein, dass das in wenigen Stunden beginnende Jahr 2021 ein gutes Jahr werden kann. Wenn wir unsere Stärken nutzen, wenn wir auf das setzen, was uns verbindet, wenn wir uns daran erinnern, was wir im letzten Jahr gemeinsam erreicht haben.

Wir haben ein schweres Jahr hinter uns, das wir unter größten Opfern überstanden haben. Die Corona-Krise ist vorbei, nicht zuletzt dank unserer hochqualifizierten Wissenschaftlerinnen und Wissenschaftler, die unter Aufbietung all ihrer Kräfte in kürzester Zeit einen Impf-

stoff entwickelt haben, den wir an alle Mitbürgerinnen und Mitbürger weitergeben konnten. Etliche von uns können diesen Triumph der Wissenschaft nicht mehr erleben. Um die trauern wir und wir fühlen mit den Angehörigen. Vielen Trauerfeiern hochrangiger Politikerinnen und Politiker in ganz Europa konnten wir nur über eine Liveschaltung beiwohnen. Lediglich der Pfarrer und die Urne waren real anwesend. Aber die Zahl der Verstorbenen ist längst nicht so hoch wie die Zahl der Grippetoten, die wir jährlich zu verzeichnen haben. Auch daran sollten wir denken.

Besonders dankbar bin ich den Pflegekräften die bis zur Erschöpfung gearbeitet und viele Leben gerettet haben. Für sie und die vielen anderen Menschen, die in systemrelevanten Berufen arbeiten, habe ich zum Dank zwei Millionen Merci-Schokolade geordert, die zeitnah verteilt werden sollen.

Wir stehen am Anfang einer neuen Zeit, die anders sein wird als die, die wir bisher erlebt haben. Alle Menschen über 70 haben sich freiwillig verpflichtet, Großelterndienste zu übernehmen, damit all die Jüngeren dazu beitragen können, die Wirtschaft wieder zum Wachsen zu bringen. Wir werden den Corona Soli erhöhen, die kleinen Renten hingegen nicht und auch die Beamtenpensionen werden wir kürzen müssen. So schnell es geht werden wir wieder die schwarze Null erreichen wollen und dazu bedarf es noch einmal von ihnen, meine lieben Mitbürgerinnen und Mitbürger, einen gemeinsamen Kraftakt. Seite an Seite werden wir für die schwarze Null kämpfen. Durch eine gemeinsame Anstrengung wird es uns gelingen, ganz Deutschland schon bald wieder in blühende Landschaften zu verwandeln, in denen es sich zu leben und zu arbeiten lohnt.

Unsere Gedanken gehen auch nach Amerika, das mit einer schlimmen Rezession zu kämpfen hat. Der neuen Präsidentin wünschen wir viel Kraft und Mut, damit auch bei unseren Freunden jenseits des Atlantiks die Wirtschaft wieder aufblühen wird. Wie sie alle wissen, waren Präsident Donald Trump sowie Joe Biden und Bernie Sanders kurz vor den Wahlen an Corona erkrankt und es war zu befürchten, dass sie die Infektion nicht überleben. Von daher wurde die Frau gewählt, die jung ist, Corona Antikörper nachweisen konnte und so auch nicht in absehbarer Zeit erkranken wird. Kamala Harris ist Senatorin in Kalifornien gewesen und hat eine Corona Erkrankung mit lediglich leichten Symptomen überstanden. Trump, Biden und Sanders sind zwar genesen, aber weiterhin immer noch sehr geschwächt, bedingt durch ihr hohes Alter. Wir wünschen ihnen von Herzen alles Gute.

Dank gilt auch denjenigen Bürgerinnen und Bürgern, die mir im vergangenen Jahr ihr Vertrauen entgegengebracht haben. Nachdem ich in der Finanzkrise, in der Wirtschaftskrise und in der Flüchtlingskrise überlegt und sachlich mein Land durch jene schweren Zeiten gelenkt habe, ist es mir auch in der Corona-Krise gelungen, das Schiff Deutschland durch stürmische Fluten sicher in den Hafen zu bringen. Ihr Vertrauen in mich, meine lieben Mitbürgerinnen und Mitbürger drückt sich darin aus, dass die Umfragewerte der CDU auf ein Hoch jenseits der 50% gestiegen sind. Dafür bin ich ihnen von ganzem Herzen dankbar. Sie alle haben mich über die sozialen

Netzwerke und auch in persönlichen Briefen gebeten, weiterhin ihre Kanzlerin zu bleiben. Ich habe mich deshalb entschieden, im kommenden Jahr ein weiteres Mal zu kandidieren. Die jetzigen Umfragewerte deuten darauf hin, dass ich dieses Ziel hoffentlich mit einer absoluten Mehrheit der CDU im Parlament erreichen werde.

Liebe Mitbürgerinnen und Mitbürger, die kommenden Jahre werden nicht ganz einfach sein, aber ich kann ihnen nur sagen: Wir schaffen das!

In diesem Sinne wünsche ich ihnen und ihren Familien ein gesundes, frohes und gesegnetes Neues Jahr 2021.

Soweit die Neujahrsansprache der Kanzlerin am Ende des Jahres 2020.

Ihre Klara

PS: Der beste Ehemann von allen hat versprochen, mich auf Händen durch diese schweren Zeiten zu tragen. Leider hat er seit heute einen Hexenschuss.

Corona – die Zehnte - Trump spricht zum Volk

(Zitate gesammelt von Faz.net)

22.1. „Wir haben es vollkommen unter Kontrolle. Es geht um eine Person, die aus China gekommen ist. Wir haben es unter Kontrolle. Alles wird gut sein."

2.2. „Wir haben das, was aus China kommt, so ziemlich ausgeschaltet."

10.2. „Es sieht so aus, als müsste es im April vorbei sein. Wenn es wärmer wird, verschwindet es auf wundersame Weise."

25.2. „Wir stehen kurz davor, einen Impfstoff zu haben."

26.2. „Wenn man 15 Fälle hat – 15 Fälle, da sind wir in wenigen Tagen runter auf fast null. Da haben wir ziemlich gute Arbeit geleistet."

26.2. „Ich glaube nicht, dass es unvermeidlich ist. Kann gut sein, dass es passiert. Möglich. Könnte in kleinem Umfang passieren oder in größerem Umfang. Was auch immer passiert, wir sind auf alles vorbereitet."

26.2. „Es ist eine Grippe, wie eine Grippe."

28.2. „Glückwünsche und Dank an unseren großartigen Vizepräsidenten und die vielen Fachleute, die bei [der Seuchenschutzbehörde] CDC und anderen Behörden gut mit der Corona Virus-Lage umgehen. Nur ganz kleine Zahlen in den Vereinigten Staaten, und Chinas Zahlen gehen auch runter. Alle Länder arbeiten gut zusammen!"

5.3. „Wir haben die besten Umfragewerte von allen für so eine Sache."

6.3. „Jeder, der einen Test will, bekommt einen Test ... und die Tests sind perfekt wie der Brief perfekt war, die Mitschrift, nicht wahr?"

6.3. „Ich kapiere dieses Zeug sehr gut. Die Leute staunen, dass ich es verstehe. Jeder dieser Ärzte fragt: Warum wissen Sie so viel darüber?' Vielleicht bin ich ein Naturtalent. Vielleicht hätte ich das machen sollen, anstatt für die Präsidentschaft anzutreten."

7.3. „Wir werden phantastische Kundgebungen haben. Es läuft sehr gut. Und wir machen einen tollen Job mit dem Virus."

9.3. „Die Fake-News-Medien und ihr Partner, die Demokratische Partei, tun alles, was in ihrer halb-beträchtlichen Macht steht (war früher größer!), um die Corona

Virus-Lage viel stärker anzuheizen, als die Tatsachen hergeben."

10.3. „Wir sind gut vorbereitet und wir machen großartige Arbeit. Es wird einfach weggehen. Bleibt ruhig, es wird einfach weggehen."

11.3. „Dies ist die aggressivste und umfassendste Anstrengung gegen ein ausländisches Virus in der neueren Geschichte."

11.3. „Weil wir sehr früh reagiert haben, sehen wir deutlich weniger Virus-Fälle in Amerika als in Europa."

14.3. „Wir nutzen alle Befugnisse des Bundes, um das Virus zu besiegen."

15.3. „Das ist ein hochansteckendes Virus. Es ist unglaublich. Aber wir üben eine gewaltige Kontrolle darüber aus."

16.3. „Wir haben einen unsichtbaren Feind. Wir haben ein Problem, über das vor einem Monat niemand auch nur nachgedacht hat."

17.3. „Ich hatte das Gefühl, dass dies eine Pandemie sein würde, lange bevor es offiziell so genannt wurde."

18.3. „Ich habe das chinesische Virus sehr ernst genommen, und ich habe von Anfang an gute Arbeit geleistet, auch mit meiner sehr frühen Entscheidung, die ‚Grenzen' mit China zu schließen – gegen die Wünsche von fast allen."

24.3. „Ich würde das Land gerne zu Ostern wieder öffnen. Wäre es nicht schön, wenn die Kirchen rappelvoll wären?"

28.3. „WIR WERDEN DIESEN KRIEG GEWINNEN. Wenn wir den Sieg erringen, werden wir stärker und geeinter denn je sein."

29.3. „Präsident Trump ist ein Einschaltquoten-Hit."

29.3. „Wenn wir zwischen hundert- und zweihunderttausend (Tote haben) – dann haben wir alle zusammen gute Arbeit geleistet."

30.3. „2,2 Millionen Menschen (würden an Covid-19 sterben), wenn wir nichts täten. Und ich weiß nicht, wie letztendlich die Totenzahl lauten wird, aber es wird nur ein sehr kleiner Bruchteil davon sein. Also machen wir einen ganz schön guten Job, meine ich."

1.4. „Amerika führt weiterhin einen totalen Krieg, um das Virus zu besiegen – dieses fürchterliche, fürchterliche Virus. Man sieht, wie schrecklich es ist, wenn man sich die Zahlen von gestern anschaut."

Die Zahlen aus Amerika:

2.4.: 216817 bestätigte Corona - Fälle, 8710 wieder gesund, 5132 Todesfälle und 6,6 Millionen Arbeitslose in einer Woche.

Kein Kommentar

Ihre Klara

PS: 2.5.: 1124385 bestätigte Corona - Fälle, 175382 wieder gesund, 65942 Todesfälle und 22 Millionen Arbeitslose am 16.4.

Corona – die Elfte – Achgut

Heute Morgen fiel mir beim Durchstöbern der Nachrichten ein Artikel bei achgut.com auf, der mir den Unterkiefer runterfallen lies. Jetzt wird mir klar, weshalb viele der US Bürgerinnen und Bürger Trump immer noch gut finden, wenn sie solchem Journalismus folgen.

Ich muss mir nichts Neues für eine Glosse einfallen lassen, sondern es reicht, wenn ich aus dem Artikel zitiere:

(Und mir fällt auch dazu nichts mehr ein)

„Das einzige an der Ansammlung von Vorwürfen, das nicht völlig von der Hand zu weisen ist, besteht darin, dass einige Experten auch im Umfeld des Weißen Hauses ... schon zu schärferen Maßnahmen der Infektions-Eindämmung wie dem Abstandhalten zwischen den Menschen im Alltag („Social Distancing") geraten haben, als Präsident Trump noch zögerte. ...

Denn unbestreitbar hat der US-Präsident schon sehr früh strikte Einreisebeschränkungen gegenüber dem Verursacher-Land China verhängt und damit seinem Land einen erheblichen Sicherheitsabstand verschafft, und Zeit zu weiteren Vorbereitungen. Dafür ist Trump von der linken Seite massiv beschimpft worden, und zwar als angeblicher Rassist und Fremdenfeind. Die Bannerträger der „Demokraten" in ihrem internen Vorwahlkampf haben diesen wichtigen Schritt des Präsidenten nicht etwa als kluge Vorsorge akzeptiert, sondern vordergründig dagegen polemisiert....

In seinen öffentlichen Äußerungen ist Trump während der ersten Wochen gleichwohl zurückhaltend geblieben, er hat sich jeder (medialen) Panikmache widersetzt und dazu aufgerufen, „ruhig" aber aufmerksam die weitere Entwicklung zu betrachten und entsprechend zu reagieren. Als das neueste China-Virus sich stärker zu verbreiten begann und erste Todesfälle verursachte, rief Trump den Notstand aus, hielt eine Ansprache an die Nation und rückte den Kampf gegen das Virus entschlossen in das Zentrum seiner Arbeit....

Wenn man nur ein Mindestmaß an Gutwilligkeit in die Beurteilung des politischen Vorgehens und der Kommu-

nikation Donald Trumps legt, wird man zugestehen müssen, dass er sehr früh am Ball war, keine Angst hatte vor notwendigen Einreisebeschränkungen, seine Administration auf höchster Ebene auf die Sache angesetzt und sich sehr weitgehend auf die Einschätzungen und Ratschläge seiner Experten verlassen hat. ...

Tatsache ist, dass inzwischen weite Teile der Bevölkerung davon überzeugt zu sein scheinen, dass Präsident Trump den richtigen Weg geht. Sie halten laut aktuellen Umfragen mit deutlicher Mehrheit für glaubhaft, was er öffentlich kommuniziert, und sind überwiegend einverstanden mit den Maßnahmen. ...

Inzwischen tritt der Präsident mit Angehörigen seines Krisenstabs täglich vor die Presse..

Wer das ausführlich verfolgt, erlebt einen politischen Anführer, der gleichzeitig entscheidungsstark und ein Teamplayer ist. Er setzt resolut um, was er für notwendig hält, ohne Rücksicht auf Bürokraten und Bedenkenträger mit ihren über Jahrzehnte angelagerten Vorschriften und Regularien. Er bezieht die Privatwirtschaft massiv in die Gegenmaßnahmen ein und nutzt deren Kompetenzen und Produktionskapazitäten, um für eine ausreichende Versorgung des Gesundheitssystems mit Nachschub zu sorgen. Er streitet dafür, dass mögliche Medikamente schnell ausprobiert und möglichst viele Betroffene rasch und zuverlässig auf das Virus getestet werden können.

... (Er tritt).. mehrfach täglich als tatkräftiger Anführer im Krieg gegen das Virus an die Öffentlichkeit, und nicht etwa nur mit Sprüchen oder Rhetorik, sondern mit vielfältigen, konkreten Maßnahmen und Initiativen. Derweil der wahrscheinliche Gegenkandidat Joe Biden sprachlos *und ohne spürbare Medienpräsenz in Quarantäne sitzt. ..*

Auf eine Frage einer Journalistin zur Pressefreiheit antwortet Außenminister Pompeo ungerührt antwortet, er wisse aus eigener Erfahrung nur zu gut, dass die Medien die Fakten verdrehen und das Publikum in die Irre führen, was jedes Mal wieder schmerzhaft und ärgerlich sei....

Dass Joe Biden, belastet mit plausiblen Korruptions-Vorwürfen, einer Mehrheit als besserer Mann im Weißen Haus vorkommt, scheint von heute aus unrealistisch. Aber wenn die „Demokraten" endlich anfangen sollten, von der Krise genötigt, sachorientierte und kompromissbereite Politik zu machen, anstatt Donald Trump wie den Leibhaftigen zu behandeln, haben sie womöglich in 2024 eine echte Chance. ...

Der Autor: *Michael W. Albers hat langjährige Erfahrung in der Politikberatung und in politischer Kommunikation.*

Kein Kommentar

Ihre Klara

PS: Wer noch mehr lesen möchte sei auf die Seite verwiesen:

https://www.achgut.com/artikel/trump_in_der_krise_die_i rrtuemer_der_amssenmedien

Corona – die Zwölfte - Helden des Tages

Her Drosten, Herr Wieler, Herr Streek und Herr Kekulé bestimmen derzeit das politische Geschehen in Deutschland, obwohl sie eigentlich Wissenschaftler sind. Aber sie geben die Informationen heraus, die jetzt dringend gebraucht werden. Und Herr Spahn, Herr Scholz und

Herr Söder richten ihre Entscheidungen danach aus. Überhaupt herrscht eine nie gekannte Einigkeit zwischen CDU/CSU, SPD, FDP und Bündnis 90/Die Grünen. Kein Gezänk, keine Angriffe wegen der Maßnahmen, lediglich dosierte, wohl überlegte, fast schon wohlwollende Kritik. Nur von der AFD ist gerade nichts zu hören. Die kämpfen mit dem „Flügel" und gegen Höcke. So hat Corona schon auch was Gutes.

Aber von ihnen soll hier nicht die Rede sein. Auch nicht von den Ärztinnen und Ärzten, die gegen die Krankheitswelle ankämpfen, auch nicht von den Menschen an den Kassen der Supermärkte, die heldenhaft das Geld der Kundschaft kassieren und sich dem Virus aussetzen. Und auch nicht von den Menschen der Müllabfuhr, die nach wie vor die Straßen sauber halten, nicht von den Polizistinnen und den Polizisten, die die Einhaltung der Regeln überwachen, nicht vom Pflegepersonal, den Postbotinnen und Postboten oder den Menschen, die jetzt zu Hauf mit den Paketdiensten Päckchen und Pakete von Amazon in die Häuser bringen.Meldung des Tages. Heldenhaft standen sie in langen Schlangen vor den Geschäften, in gebührenden Abstand. Schon war die Rede von Schlangen, die mehrere Kilometer lang waren und dies ohne Gedrängel, Geschubse, Genörgel. Geduldig standen sie da und warteten auf Einlass, 1 Person pro 10 m². Vor meinem Fenster zogen sie dann vorbei. Männer mit Farbeimern in der Hand. Da wird wohl das Wohnzimmer renoviert. Das war schon lange fällig und jetzt hat Mann ja auch Zeit, zumal der Ausflug an Ostern wegfällt. Da wird endlich im Gästezimmer das Laminat verlegt. Der schon in die Jahre gekommene

Teppichboden muss aber erst einmal im Keller gelagert werden, denn die Wertstoffhöfe sind geschlossen. In den Schrebergärten sieht frau fröhlich vor sich hin pfeifende Männer, die den Gartenzaun reparieren, oder eine Terrasse aus Robinienplanken bauen. Und das Geld für den Großeinkauf im Baumarkt ist jetzt auch da. Der Oster Ausflug in die teuren Freizeitparks fällt weg. Der Zoobesuch, bei dem Eltern mit zwei Kindern schon einmal locker 150,00 Euro loswerden ist auch gestrichen. Die Ehefrau kann nicht mehr shoppen gehen. Da kommt schon einiges zusammen, was Mann dann im Baumarkt ausgeben kann. Sie schlendern mit leuchtenden Augen durch den Markt und kaufen den schon lange heißersehnten Laubbläser, mit Akku selbstverständlich.

Und die Frauen atmen auf. Nun gibt es keine nörgelnden Männer mehr, die zu Hause rumsitzen und beklagen, dass sie nicht ins Fußballstadion gehen können oder zum Feierabendbier in die Eckkneipe. Stattdessen werkeln sie heldenhaft und bringen den Hausstand auf Zack und lassen sich von der Familie loben. Die Kleinen sitzen vor dem Fernseher und schauen ‚Die Sendung mit der Maus'. Die Großen dürfen ausnahmsweise mit dem Handy daddeln. Der Familienfrieden ist gerettet, die Gewalt in den Familien nimmt ab und das alles nur, weil die Baumärkte wieder geöffnet haben.

Und die Frauen? Sie sitzen an der Nähmaschine und nähen aus alten Bettlaken, noch Vorkriegsware von Oma und nie benutzt, oder aus Geschirrhandtüchen Mundschutze.

Ihre Klara

PS: Der beste Ehemann von allen ist kein Handwerker. Dafür sitzt er am Laptop, macht die längst fälligen Updates, flucht gelegentlich, ist aber auch für Stunden verschwunden.

Corona – die Dreizehnte - Haare

Schreib doch mal was über Haare, sagt mir eine Freundin. Was soll ich denn über Haare schreiben? In Zeiten von Corona gibt es nun doch sicher Wichtigeres als ausgerechnet Haare. Ich grübele drei Tage vor mich hin, was sie damit wohl gemeint hat. Doch dann sehe ich den Zusammenhang. Ist ihnen auch schon aufgefallen, dass deutlich mehr Menschen mit grauen Haaren in Hannover rumlaufen? Sind denen vielleicht ob Corona über Nacht graue Haare gewachsen?

Stress, Mineralstoffmangel, übermäßiger Alkohol- oder Nikotinkonsum kann das Ergrauen der Haare begünstigen, lese ich bei ,netdoktor.de'. Aha, Stress also. Als ein auslösender Faktor für graue Haare.

Ich recherchiere weiter. Stress wird erlebt, wenn er dauerhaft auftritt und nicht kompensiert werden kann und deshalb als bedrohlich gewertet wird, insbesondere dann, wenn man/frau keine Möglichkeit zur Bewältigung der Situation sieht, schreibt Wikipedia.

Na, Stress haben wir ja derzeit jede Menge. Täglich werden in den Nachrichten, sei es digital, im Fernsehen oder in den Printmedien die Zahl der Erkrankten genannt sowie die Zahl der Verstorbenen in ausgewählten Ländern und Regionen. So war es der Tagesschau eine Nachricht wert, dass in Hamburg der erste Corona-Tote zu verzeichnen ist. Das löst Angst aus und Angst bedeutet Stress.

Und die Lage in den USA, die täglich berichtet wird, ist natürlich fürchterlich. New York, ‚die Stadt, die niemals schläft', hat es besonders hart getroffen und Trump sitzt weinend im Oval Office und steht unter Stress. Und wenn sie genau hinsehen, dann können sie auch die ersten grauen Haare in seiner stets geföhnten und gestylten Frisur sehen.

Die jetzige Bedrohung durch Corona führt in der Bevölkerung auf der ganzen Welt zu erheblichen Stress. Ich denke an die wunderschönen schwarzen Haare der Asiatinnen. Ob die jetzt auch graue Haare bekommen? Das wäre ja ein Jammer. Bei den Menschen der nordischen Länder wird es wohl nicht so sehr auffallen. Die sind ja häufig blond.

Ich stehe mit kritischem Blick vor dem Spiegel. Auch bei mir sind vermehrt graue Haare zu sehen. Und ja, Stress erlebe ich auch in heutigen Zeiten. Wenn das so weitergeht, dann sehe ich am Ende der Corona Krise 10 Jahre älter aus. Doch dann fällt mir ein, dass ich seit 8 Wochen nicht mehr bei der Friseurin meines Vertrauens war und eigentlich die Strähnchen dringend aufgefrischt werden müssten, damit die grauen Haare gut verdeckt sind. Also gar nicht der Stress ist Schuld sondern eher der Schließung der Friseurgeschäfte geschuldet.

Kürzlich habe ich auf der Straße eine Frau gesehen, die am Mittelscheitel einen breiten grauen Streifen hatte, und darunter waren die Haare dann braun. Ich hielt das für einen modischen Gag, aber nun weiß ich, dass die Ursache dafür ist, dass sie nicht zum Friseur gehen kann. Keine einzige Frau in Hannover kann sich jetzt die Haare tönen oder färben lassen. Und wenn ihr eine seht, die etwas scheckig am Kopf aussieht, dann hat sie es mit einem Mittel aus der Drogerie selbst versucht.

Ältere Männer haben diese Probleme häufig nicht, weil sie gar keine Haare mehr haben. Und graue Schläfen sollen ja sexy sein.

Der beste Ehemann von allen hat nicht nur graue Schläfen sondern kann sich jetzt aus den verbliebenen Hinterkopfhaaren einen Zopf flechten.

Meinen Nachbarn hätte ich kürzlich kaum wieder erkannt. Er hatte einen schlohweißen Bart, etwas zottelig und eine weiße Matte auf dem Kopf. Er sah aus wie ein Alt 68er. Damals nannten sie uns „Hippies". Das waren die „Blumenkinder" die „Make love not war" predigten. Und da jetzt wegen Lieferschwierigkeiten die Kondome knapp werden, bekommt dieser Spruch eine neue Bedeutung. Anfang nächsten Jahres steigt nämlich die Geburtenrate und diese Kinder werden dann als die „Generation Corona" in die Geschichte eingehen.

Meine Freundin berichtet, dass ihr Mann Albträume hat. Er träumt in der Nacht, er würde mit lila gefärbten Dreadlocks durch die Gegend laufen. Dann wacht er schreiend auf und fasst sich an den Kopf, ehe er wieder in einen unruhigen Schlaf fällt.

Ihre Klara

PS: Ich habe mittlerweile eine „Übergangsfrisur".

Corona – die Vierzehnte - Die Mund-Nase-Masken-Pflicht

„Die Corona Pandemie ist kein Sprint, sondern ein Marathon" warnt Gesundheitsminister Jens Spahn. Das heißt im Klartext, wir müssen uns erst einmal an diesen Ausnahmezustand, genannt die „neue Normalität", gewöhnen, da es länger dauern wird. Wie lange noch weiß eigentlich niemand.

Die „neue Normalität" ist, dass das Vermummungsverbot außer Kraft gesetzt wird. 1989 wurden „Vermummung" und „Schutzbewaffnung" generell zu Straftaten hochgestuft. Das gesetzliche Vermummungsverbot gilt grundsätzlich auch in Fußballstadien. Das Landgericht Hannover merkte allerdings an, der Gesetzgeber könne sich durch das Vermummungsverbot unwillentlich zum Gehilfen gewisser politischer Gruppierungen machen. Oh je, entweder mache ich mich jetzt strafbar oder ich kann rechten Gruppierungen zugeordnet werden.

Die „neue Normalität" nämlich, nach Schulschließungen, Schließungen von Geschäften und Gastronomie, eigentlich von allem bis auf Apotheken, Tankstellen, Lebensmittelgeschäften sowie Getränkemärkten, ist jetzt die Mund-Nase-Masken-Pflicht. Das hat die Bundeskanzlerin verfügt, im gesamten Bundesgebiet, ab Montag, dem 27.April 2020.

Hieß es erst, ein Schutz sei gar nicht erwiesen, müssen wir nun alle eine Mund-Nase-Maske (kurz: Munaske)tragen. Sie schützt nämlich doch. Nicht mich, sondern die anderen, sollte ich infiziert sein. Mundschutz darf man nicht sagen, denn das erweckt den falschen Eindruck, dass diese Maske tatsächlich schützt. Also eigentlich schützt sie nicht, dann aber wieder doch, nur leider nicht mich. Und sollte man unter der Bezeichnung ‚Mundschutz' im Internet selbstgenähte Masken anbieten, hat man gleich einen Rechtsanwalt am Hals, der Klage erhebt, weil die Maske eben doch nicht schützt. Natürlich gibt es nicht genügend dieser „Ein-Paar-Cent-Artikel" und deshalb sind jetzt Nähkünste gefragt. Und das wiederum ist einmal wieder die Stunde der Hamsterkäufe. Ich wollte eigentlich in einem Stoffgeschäft in der Innenstadt Stoff für handgenähte Mund-Nase-Masken kaufen. Die Schlange war lang, da nicht alle Kundinnen, es waren ausschließlich Frauen, gleichzeitig in den Laden kommen dürfen. Ich hätte zwei Stunden für einen Einlass warten müssen, nur um festzustellen, dass es den Stoff meiner Wahl gar nicht mehr gibt. Außerdem kam eine Kundin aus dem Laden und rief in die Menge: „Gummibänder sind ausverkauft." Hamstergekauft. Ich ging frustriert nach Hause und opferte ein Geschirrtuch meiner Großmutter, noch mit Monogramm, und ein T-Shirt.

Massenweise gibt es jetzt Empfehlungen im Netz, woraus so eine Mund-Nase-Maske hergestellt werden kann. Zum Beispiel aus Küchenrollenpapier, an das an den Seiten einfach Gummiband getackert wird. Klopapier tut es auch. Das gibt es ja auch schon wieder, aber nun keine Gummibänder mehr. Die sind den Hamsterkäufen zum Opfer gefallen. Auch Unterhosen eignen sich für eine Mund-Nase-Maske. Sie sollten aber aus hygienischen Gründen gewaschen sein. Durch das eine Beinloch durchschauen und den unteren Rand bis zur

Nase hoch ziehen, das andere Beinloch von hinten über den Kopf. Fertig ist die Mund-Nase-Maske.

Frau H. aus Hannover fordert in einem Leserbrief an die örtliche Presse durchsichtige Mund-Nase-Masken, damit hörgeschädigte Mitmenschen von den Lippen ablesen können. Sie seien sonst eklatant benachteiligt. Also vielleicht Plastikmundschutze. Die können zwar nicht gewaschen werden, aber sterilisiert. Und damit würden wir dem Vermummungsverbot der Bundesregierung (s.o.) nachkommen, weil wieder das ganze Gesicht sichtbar wird.

Mir fehlt es, dass ich niemanden mehr anlächeln kann. Das wäre mit einer durchsichtigen Mund-Nase-Maske ebenfalls gelöst. Schließlich lesen nicht nur Hörgeschädigte von den Lippen ab, sondern auch ganz normale Menschen, die von anderen angelächelt werden.

Gekauftes Essen von Gaststätten oder auch Eisdielen darf nur in 50 Metern Entfernung von den Läden verzehrt werden. Bei Eis gestaltet sich das, gerade im Sommer bei 30 Grad im Schatten, ziemlich schwierig. Da ist das Eis längst mindestens zur Hälfte geschmolzen, wenn die 50 Meter Abstand erreicht sind. Die Regierung Schleswig Holsteins hat über dieses Problem ziemlich lange nachgedacht und dann Folgendes verfügt: „Durch erstes rasches Lecken an der Eiskugel während des zügigen Sichentfernens von der Eisdiele kann ein Heruntertropfen des Eises auf Kleidung und Fußboden verhindert werden. Für den Verzehr des Resteises gilt jedoch der Abstand von 50 Metern." Was ist dann aber mit der Maskenpflicht? Kann ich die im Rausgehen abnehmen, auch wenn ein Abstand von 2 Metern zu anderen Menschen nicht gewährleistet ist? Oder soll ich dann doch besser kleckern?

In Banken und Sparkassen dürfen übrigens keine Masken getragen werden, damit nicht versehentlich ganz normale, unschuldige Kund*innen mit Bankräuber*innen versehentlich verwechselt werden. Auch im Auto darf keine Maske getragen werden, selbst wenn sich da die Infektionsgefahr (geschlossener Raum, kein Mindestabstand!) für die Fahrenden und Mitfahrenden erhöht. Schließlich ist die Straßenverkehrsordnung, das Bußgeld bei überhöhter Geschwindigkeit oder auch bei Rotlichtverstößen wichtiger als die Gesundheit der Fahrenden. Und wo kämen wir denn dahin, wenn die Autofahrer*innen unisono Masken tragen und dann bei Rot über die Ampel donnern oder mit 100 Stundenkilometern durch die Stadt rasen? Das geht gar nicht. Also, so schlussfolgere ich, darf ich nur noch alleine mit dem Auto fahren und der beste Ehemann von allen muss sich einen Zweitwagen kaufen, damit wir dann gemeinsam zur Essenseinladung bei Freunden fahren können. Da freut sich die Autoindustrie!

Der Spiegel veröffentlich wöchentlich in einem Newsletter „Die besten Reiseziele nah und fern". Dort empfiehlt Stefan Eßer am 10. März: „Wenn ich nur mit meinem auch gesunden Begleiter durch die Einsamkeit wandere, habe ich natürlich kein Risiko. Das Gegenteil ist eine überfüllte U-Bahn oder ein Bus - egal wo. Und der Extremfall ist natürlich ein Kreuzfahrtschiff, auf dem immer dieselben Leute tagelang auf engem Raum zusammen sind." Und gerade auf Kreuzfahrtschiffen ist es darüber hinaus ziemlich schwierig mit Masken am Buffet zu stehen und dann auch noch zu essen. Da hilft dann nur eine Ganzkörperverschleierung. Muslimas, die sich so kleiden, sind da sehr geschickt. Sie lüften ein wenig den Schleier und schieben sich das Essen dann darunter in den Mund. Voila. Keine Tröpfcheninfektion.

Wenn sich alle Politiker vermasken müssen, wie erkenne ich dann noch Herrn Söder, Herrn Laschet oder Herrn Spahn? Na ja, ist vielleicht auch nicht so wichtig.

Ihre Klara

PS: Hätte es schon die Mund-Nase-Maske 2005 gegeben, als Angela Merkel zur Bundeskanzlerin gewählt wurde, hätte sich niemand über ihre hängenden Mundwinkel lustig machen können. Die wären gar nicht zu sehen gewesen, abgesehen davon, dass es nicht die Mundwinkel waren, die da runterhingen, sondern relativ tiefe Labialfalten.

Corona – die Fünfzehnte - Einkaufen

Erinnern sie sich noch an die Zeit, als die meisten Läden geschlossen hatten, es aber noch keine Masken – und Abstandspflicht gab? Ich war damals, gefühlt vor 1 Monat, Teil einer Whatsapp – Gruppe. Wir informierten uns gegenseitig, wo es gerade Klopapier, Hefe, Kondome (na ja, für mich weniger interessant) oder Anderes gab, das gerade knapp war. Und schon stürmte ich los, drängelte mich im Laden durch und ergatterte gerade noch das letzte Paket der heiß ersehnten Hefe, um Brot backen zu können.

Das ist nun vorbei. Wir müssen Mund-Nase-Masken tragen – ich habe bereits für die Familie und einige Freundinnen welche genäht - und Abstand halten. Mindestens 2 Meter. Dafür gibt es jetzt wieder Hefe, Kondome, Klopapier, lediglich mit dem Gummiband wird es schwierig.

Immerhin haben etliche Läden seit letzter Woche wieder geöffnet und nach Wochen der Abstinenz ist meine Einkaufsliste lang. Sicher, ich könnte im Internet bestellen, aber da gibt es die Aufforderung: „support your locals", auf Deutsch: unterstützt die lokalen Läden.

Ich schnappe mir also eine meiner desinfizierten Masken und radele los. Nun habe ich leider eine sogenannte „Alterslaufnase" und das ist schon die erste Schwierigkeit. Unter der Maske wehrt sich die Nase gegen diese Abschottung durch heftigstes Laufen und ich muss ständig anhalten, um sie zu putzen. Ansonsten durchfeuchtet die Maske nämlich und wirkt nicht mehr. Auch die Brille beschlägt ständig und bei dem schönen Wetter laufen mir die Scheißtropfen an Mund und Nase vorbei.

Angekommen am Stoffgeschäft sehe ich schon von weitem die lange Schlange. Alle potentiellen Käuferinnen sind bemaskt und stehen hintereinander mit gebührendem Abstand. Es dürfen ja nicht alle Käuferinnen auf einmal rein, sondern nur eine begrenzte Anzahl. Wolle bekomme ich vor dem Laden aus einem Ständer und dann stehe ich an. Ca. 200 Meter sind es bis zum Eingang. Da frau in einem Stoffgeschäft Beratung braucht dauert es eine Weile, bis wieder jemand rauskommt und jemand anderes reindarf. Nach einer Stunde darf ich den Eingang passieren. Die Stoffschere ist schnell gekauft, das Gummiband auch, es gibt tatsächlich wieder welches, aber vor der Stofftheke hat sich wieder eine lange Schlange gebildet. Eine Käuferin kann sich offensichtlich nicht entscheiden, befühlt hier und da den Stoff und lässt sich viel Zeit mit ihrer Wahl. Nach einer halben Stunde darf ich dann meine Wünsche äußern. Der T-Shirt-Stoff, den ich für Masken haben wollte, ist ausverkauft. Ich lasse mich beraten, das dauert ein wenig, entscheide mich aber schnell. Dann brauche ich noch einen Stoff für ein Sonnensegel, das sich meine Tochter für ihren Schrebergarten gewünscht hat. Vor den Nähnadeln ein Schlange mit Abstand, vor mir fünf Frauen, aber es geht relativ schnell und ich stecke noch die Nadeln für die Nähmaschine ein. An der Kasse noch einmal eine Abstands-Schlange und nach zweieinhalb Stunden bin ich wieder draußen.

Als nächstes radele ich zum Elektroladen. Auch hier das gleiche Bild einer langen Schlange. Ich brauche aber ein Bügeleisen. Meines hat den Geist aufgegeben und zwecks Desinfektion nach Gebrauch muss ich die Stoffmasken bügeln. Wenn ich sie wasche brauchen sie, da doppelt genäht, nämlich zwei Tage um zu trocken. Weil es schneller geht muss ich also bügeln, um immer eine desinfizierte zur Hand zu haben. Nach einer halben Stunde warten und einer weiteren halben Stunde vor der Kasse bin ich endlich, mit Bügeleisen, draußen. Die Mund-Nase-Maske ist mittlerweile von der Alterslaufnase so durchfeuchtet, dass ich den vorsorglich mitgenommenen Ersatz aus der Tasche krame.

Jetzt brauche ich noch das Buch für den Enkelsohn. Es geht weiter zum Buchladen um die Ecke. „Support your locals". Die Schlange hält sich in Grenzen, vor mir 10 Menschen. Allerdings dürfen in dem Laden immer nur zwei Käufer*innen gleichzeitig sein, so dass es auch wieder dauert. Immerhin brauche ich hier nur 40 Minuten.

Mittlerweile ist es Mittag. Normalerweise würde ich jetzt in meinem Lieblingsrestaurant eine Kleinigkeit essen, aber das Lokal ist geschlossen. Also radele ich mit knurrendem Magen und laufender Nase weiter. Die Schlange vor dem Supermarkt hält sich in Grenzen, nur 20 Minuten Wartezeit.

Vor dem Kühlschrank aber, in dem der Käse ist, kann sich ein Mann längere Zeit nicht entscheiden, was er gerne hätte. Also muss ich mit gebührendem Abstand warten. Dasselbe passiert mir an der Gefriertruhe und am Gemüse- und Obststand. Insgesamt brauche ich eine Stunde und 25 Minuten.

Als letztes muss ich noch Klopapier kaufen. Vor dem Drogeriemarkt natürlich auch eine Schlange und als ich endlich drin bin, ist kein Klopapier mehr da. Der nächste Drogeriemarkt ist ein wenig entfernt, die Schlange dort länger aber immerhin bekomme ich dort Klopapier. Auf einem großen Schild steht die Mahnung, es könne immer nur 1 Paket pro Kund*in abgegeben werden. Mehr brauche ich aber auch nicht.

Ziemlich erschöpft und hungrig komme ich am Abend, die zweite Maske ist mittlerweile auch durchfeuchtet, mit meinen bescheidenen Einkäufen zu Hause an.

„Support your locals" kann ziemlich anstrengend sei. Allerdings sind die Lieferfristen im Onlineverkauf mittlerweile auf 2 bis 3 Wochen gestiegen, oder auch länger, wenn die Ware aus China kommt.

Die Wertstoffhöfe haben jetzt die Regelung, dass an gerade Tagen die Autos mit einer geraden Zahl im

Nummernschild kommen dürfen, an ungeraden die anderen. Unser Nummernschild mit 77 fällt in dieser Woche auf einen Sonntag, so dass der beste Ehemann von allen erst am Dienstag hinfahren kann.

Ihre Klara

PS: Der beste Ehemann von allen und ich wetten, wie lange er für den Besuch beim Wertstoffhof braucht. Er meint, er sei in zwei Stunden wieder zurück, ich tippe eher auf drei Stunden. Ich gewinne!

Danksagung

Eine lange Dankesliste kann ich nicht vorlegen. Es gab keine/n Verleger*in, kein Verlagsteam, keine Lektorin, keine Wissenschaftler*innen, die mich beraten oder bei der Recherche unterstützt haben. Keine Freundin, bei der ich mich ausheulte, wenn ich eine Schreibblockade hatte. Das hielt ich einfach alleine aus. Allerdings gab es Freundinnen und eine Fangemeinde, die mich mit ihren Kommentaren und Rückmeldungen ermutigt haben, weiterhin Glossen zu schreiben. Dank euch allen und bleibt mir treu.

Mein besonderer Dank gilt jedoch meinem Ehemann, der mich rückhaltlos unterstützt, mich ermutigt, mir in schweren Zeiten beisteht, mich ‚sein' lässt, mir Kraft gibt und geduldig Korrektur gelesen und redigiert hat.

Ihre Klara

PS: Personen öffentlichen Interesses, Politiker*innen und Wissenschaftler*innen also, die aus Funk und Fernsehen bekannt sind, werden mit ihrem richtigen Namen genannt. Alle anderen Namen wurden geändert.